Deseo®

Cuando la tierra tiembla

Roxanne St. Claire

Editado por HARLEQUIN IBÉRICA, S.A.
Hermosilla, 21
28001 Madrid

© 2005 Roxanne St. Claire. Todos los derechos reservados.
CUANDO LA TIERRA TIEMBLA, Nº 1411 - 5.10.05
Título original: When the Earth Moves
Publicada originalmente por Silhouette® Books

Todos los derechos están reservados incluidos los de reproducción, total o parcial. Esta edición ha sido publicada con permiso de Harlequin Enterprises II BV.
Todos los personajes de este libro son ficticios. Cualquier parecido con alguna persona, viva o muerta, es pura coincidencia.
® Harlequin, Harlequin Deseo y logotipo Harlequin son marcas registradas por Harlequin Books S.A
® y ™ son marcas registradas por Harlequin Enterprises Limited y sus filiales, utilizadas con licencia. Las marcas que lleven ® están registradas en la Oficina Española de Patentes y Marcas y en otros países.

I.S.B.N.: 84-671-3173-X
Depósito legal: B-35999-2005
Editor responsable: Luis Pugni
Composición: M.T. Color & Diseño, S.L.
C/. Colquide, 6 portal 2 - 3º H, 28230 Las Rozas (Madrid)
Fotomecánica: PREIMPRESIÓN 2000
C/. Algorta, 33. 28019 Madrid
Impresión y encuadernación: LITOGRAFÍA ROSÉS, S.A.
C/. Energía, 11. 08850 Gavá (Barcelona)
Fecha impresion para Argentina: 19.7.06
Distribuidor exclusivo para España: LOGISTA
Distribuidor para México: CODIPLYRSA
Distribuidores para Argentina: interior, BERTRAN, S.A.C. Vélez Sársfield, 1950. Cap. Fed./ Buenos Aires y Gran Buenos Aires, VACCARO SÁNCHEZ y Cía, S.A.
Distribuidor para Chile: DISTRIBUIDORA ALFA, S.A.

Capítulo Uno

Cameron McGrath jamás se perdía el primer lanzamiento en un partido de los Yankees. Para él sería como romper una tradición sagrada. Por eso, cuando la recepcionista le anunció que una mujer lo esperaba en el vestíbulo de Futura Investments y que insistía en verlo, se tragó una maldición.

—No tengo más citas para hoy, Jen —espetó. Para estar seguro, abrió su PDA y comprobó su agenda. Nunca concertaría nada pasadas las seis en una noche que hubiera partido. Sobre todo si los Yankees jugaban contra Boston—. ¿Con quién está?

—Eh... Está sola.

—Me refiero a qué empresa pertenece. ¿Es una de nuestras clientas? ¿O es una simple vendedora?

Sin duda era eso último. Desde que se convirtió en el mejor abogado de Futura Investments, pasaba mucho más tiempo supervisando el departamento legal que practicando la abogacía. Y él no se había licenciado en Derecho y Empresariales para cuidar de abogados inexpertos y tomar decisiones en una oficina.

—No pertenece a ninguna empresa, señor McGrath —dijo Jen en voz baja—. Creo que es algo personal. Quiero decir... Parece ser alguien que... parece personal.

¿Personal? Oh, no... Amanda otra vez. Podía ser implacable cuando la ignoraban. Sólo había pasado una semana desde que él la llamó. ¿O habían sido dos semanas? En cualquier caso, había sido perfectamente sincero desde el inicio de su corta relación, pero eso no detendría a ninguna mujer de Manhattan con ansias de matrimonio y con el único objetivo de conseguir un nuevo apellido. El suyo.

Miró su reloj. La llevaría con él al estadio. Así no llegaría tarde y ella lo consideraría como una cita.

–Dile que saldré en un minuto. Espero que esté vestida para asistir a un partido.

La risa de Jen fue más de sorpresa que de humor.

–Supongo que dependerá de qué sea el partido.

Con Amanda, apostaría que su vestimenta constaba de una minifalda de cuero, un top carísimo y unos tacones tan altos como el edificio Chrysler. Sonrió. Podía ser despiadada, sí. Y a veces eso redundaba en beneficio de todos.

Seguía sonriendo cuando se aflojó la corbata y se dirigió hacia el vestíbulo, listo para saludar a la modelo que había conocido dos meses antes en una recaudación de fondos.

Pero al mirar a través de las puertas de cristal de recepción, se quedó petrificado y boquiabierto.

No era Amanda.

La mujer estaba de espaldas a él, contemplando la vista panorámica de la ciudad por los altos ventanales. Unos vaqueros desgastados ceñían un trasero en forma de corazón, y con una de sus botas camperas daba rítmicas pisadas en la moqueta, o bien con impaciencia o bien siguiendo alguna melodía que sonara en su cabeza. Una espesa melena pelirroja cubría la mayor parte de su espalda, casi rozando la cintura de los pantalones. Y en la cabeza llevaba un sombrero negro de vaquero.

¿Conocía a aquella mujer?

Cuando abrió la puerta de cristal, ella se giró lentamente, se echó el sombrero hacia atrás y respondió a la pregunta con una simple mirada. No. Nunca habría olvidado un rostro así. Ojos grandes y cobrizos, piel cremosa y una boca que exigiría horas de intenso escrutinio.

Y, notó Cameron sorprendido, sin una gota de maquillaje. Él nunca había visto a Amanda sin maquillaje... o sin los restos del mismo.

–¿Señor McGrath? –dio unos pasos hacia él, resonando sus tacones en el suelo de mármol, como si fueran los ecos de los acelerados latidos de Cameron.

–Soy Cam McGrath –respondió él, extendiendo la mano–. ¿En qué puedo... ayudarla? –preguntó, aunque no era precisamente ayuda lo que quería darle a esa mujer.

–Jo Ellen Tremanie –se presentó ella. Su apretón de manos fue sólido, pero su mirada contenía un matiz interrogatorio. ¿Se suponía que él debía reconocer ese nombre? ¿Sería ella la abogada de la parte contraria en un caso de Futura? Cameron se había quedado con la mente en blanco... quizá porque sus neuronas se habían callado en deferencia a un órgano alternativo.

Se obligó a concentrarse en su cara, pero ella portaba una bolsa al hombro, y eso hacía que la camisa se inclinara ligeramente a un lado, revelando la piel translúcida de su cuello y clavícula.

–Sé que estaba a punto de salir para una reunión –dijo ella–. Así que sólo le robaré un minuto de su tiempo.

–No pasa nada. No es nada urgente –mintió él. ¿Cómo podía decir que un partido de los Yankees y los Red Sox no era algo urgente? Tenía que controlarse. Podía encontrar mujeres bonitas en cualquier calle de Nueva York. Aunque, generalmente, no se vestían para un rodeo–. ¿Qué puedo hacer por usted?

Ella miró hacia Jen, que no se había perdido ni un segundo del breve diálogo.

—¿Podríamos hablar en privado?

Cameron sopesó sus opciones. Pasar algo de tiempo hablando con la guapísima vaquera, o llegar tarde para ver a los Yankees. Vaquera. Yankees...

—Mi despacho está por aquí —dijo, inclinando la cabeza hacia la puerta.

Ella se quitó el sombrero y se sacudió la melena, haciendo que algunos mechones sedosos le cayeran sobre los hombros. Cameron bajó la mirada a la camisa azul celeste, adornada con corchetes plateados.

—¿Puedo ofrecerle algo para beber, señorita Tremaine? —le preguntó cuando entraron en su despacho.

—Puede llamarme Jo. Y, a menos que tenga una Bud helada, no me apetece beber nada.

Cameron se echó a reír.

—Se me ha acabado la cerveza —dijo, recordando las seis latas de Amber Bock que tenía en la nevera de su casa. Las tenía reservadas para algún sábado de partido, pero podía sustituirlas fácilmente—. Pero podríamos ir a alguna parte.

—No, gracias —respondió ella. Permaneció de pie en medio del despacho, mirándolo fijamente—. Espero no tardar mucho.

Él percibió un temblor casi imperceptible en su voz, algo que sólo podía notar un abogado entrenado en detectar mentiras y verdades ocultas.

Hizo un gesto hacia el sofá.

—Siéntese, por favor.

Ella se acomodó en uno de los sillones. La tela vaquera descolorida y las botas negras parecían fuera de lugar en contraste con el cuero brillante del asiento.

—¿Es usted de por aquí... Jo? —la verdad era que

el nombre le sentaba bien. No era nada femenina, pero sí toda una mujer. No movía nerviosamente los dedos. No batía las pestañas. Jo.

—Soy de Sierra Springs, California.

Cameron puso una mueca de sorpresa.

—¿Ha oído hablar de ese sitio? —preguntó ella, como si esperase una respuesta afirmativa.

—No, pero ha recorrido usted un camino muy largo. ¿Sierra Springs está cerca de Silicon Valley? —Futura Investments tenía varios clientes allí. Aquel asunto tenía que estar relacionado con la empresa.

Ella negó con la cabeza y sonrió cínicamente, pasándose las manos por los vaqueros.

—No. Sierra Springs está en la frontera entre California y Nevada, a ciento ochenta kilómetros de Sacramento, al pie de las montañas de Sierra Nevada.

El conocimiento geográfico de Cameron era bastante escaso. No podía pensar en clientes ni en inversiones para esa zona. No se le venía a la cabeza otra cosa que el rancho Ponderosa y algún casino en Reno.

—Debe de ser un sitio muy tranquilo.

—Lo era. Hasta que la tierra se sacudió bajo nuestros pies y nos batió como huevos revueltos.

—¿La tierra? —repitió él, devanándose los sesos por saber de qué estaba hablando—. Ah, sí —chasqueó los dedos y la señaló—. He oído hablar de Sierra Springs. Hubo un terremoto hace unos meses. Uno bastante fuerte.

Ella asintió.

—Cinco coma seis. Seguido de varios temblores muy desagradables.

Definitivamente allí había un pleito esperando, pensó Cameron.

—¿Cinco coma seis? Vaya. ¿Afectó... las consecuencias fueron muy graves?

Ella se encogió de hombros.

—Perdí a varias personas.

¿Personal? ¿Familia? Fuera lo que fuera, Cameron no tuvo la menor duda de que aquellas pérdidas eran la raíz de su encuentro.

—Lo lamento —dijo. De repente recordó la muerte de cinco personas en aquel terremoto. En un edificio de apartamentos. Y luego la imagen de un bombero sacando a un bebé de los escombros.

Naturalmente... El bebé encontrado entre las ruinas. Los informativos y periódicos habían repetido aquella noticia durante días.

¿Acaso era ella la propietaria del edificio? ¿O lo era Futura Investments? De ser así, lo habrían informado de cualquier problema.

—¿A qué se dedica usted en Sierra Springs? —le preguntó. Con algunos testigos, las preguntas más inocentes llevaban directamente a la verdad. Al principio había supuesto que sería jinete de rodeos, pero seguramente fuera otra abogada. En California se vestían de un modo diferente.

—Me dedico a la carrocería.

—¿Cómo?

—Reparación de coches siniestrados.

—¿Es usted mecánica?

—Soy experta en reparar colisiones —dijo, entornando ligeramente sus brillantes ojos cobrizos—. Tengo mi propio taller.

—Entiendo... —de modo que no era jinete de rodeo ni abogada. Se dedicaba a martillear chapas para ganarse la vida.

Sin pensarlo, se fijó en sus manos. Eran largas y esbeltas, sin una mancha de grasa. Y tampoco llevaba anillo.

—Bueno, confieso que me ha despertado la curiosidad, señorita... Jo. ¿Qué la ha traído a Nueva York?

—Usted.

A Cameron se le tensó todo el cuerpo. Una respuesta primaria y natural al oír aquella palabra.

–¿Yo? –preguntó, perplejo. Pero a caballo regalado no había que mirarle el diente. Ni aunque fueran unos dientes tan apetecibles–. ¿Cómo es eso?

–Necesito que me firme un documento.

Las alarmas legales sonaron en la cabeza de Cameron.

–¿Qué tipo de documento?

–Es una petición de renuncia y conformidad.

Él pensó durante un momento, hurgando en los conocimientos adquiridos en el primer año de la carrera.

–¿Se trata de un proceso de adopción?

Por unos segundos ella no se movió. Finalmente, sacó la punta de la lengua y se humedeció los labios.

–Sí.

–No comprendo. ¿Por qué necesita mi firma?

–Estoy intentando adoptar a un bebé. Y ese bebé es una... pariente lejana de usted.

Él se inclinó hacia delante como si hubiera tirado de él con una cuerda.

–¿Una pariente mía?

–Es su... su sobrina.

Cameron negó con la cabeza.

–No tengo ninguna sobrina. Tengo dos hermanos y ninguno de ellos tiene hijos –una sensación incómoda lo recorrió por dentro. Si Colin o Quinn hubieran tenido una hija, él lo sabría. No había secretos para ellos. ¿Podría tratarse de un complot? ¿De un engaño para conseguir dinero?–. Debe de ser un error. ¿Quién es esa niña?

–No es ningún error –insistió ella–. Es su sobrina.

–Estoy completamente seguro de no tener ninguna sobrina.

Ella arqueó una ceja hermosamente perfilada.

–No esté tan seguro hasta haberlo oído todo.
–¿Quién es el padre?
–El padre está fuera de todo esto y no tiene ningún vínculo con usted. Es la madre. Es… era una mujer llamada Katie McGrath.

Cameron volvió a devanarse los sesos intentando recordar alguna prima lejana con ese nombre.

–Nunca he oído hablar de ella.

Ella se cruzó lentamente de piernas.

–No, nunca la ha conocido. Pero su madre es Christine McGrath.

A Cameron se le hizo un nudo en la garganta.

–Quien también es su madre –siguió ella tranquilamente–. Así que Katie y usted son hermanos. O lo eran.

–No, imposible. Yo no… –se quedó sin habla.

¿Realmente era imposible que hubiera tenido una hermana? Por supuesto que no. Un entumecimiento empezó a paralizarle los brazos y las piernas. Reconoció al instante la sensación. Lo había sentido por primera vez cuando tenía nueve años, el día en que su madre se subió a un tren y desapareció para siempre, dejando atrás a su marido y sus hijos.

Pero él había conseguido superar aquel dolor. Lo único que necesitaba era controlar sus emociones con la cabeza. Y si Cameron era bueno en algo, era en el control.

–Así que Katie y usted son hermanos. O lo eran… Lo siento.

–¿Dónde está mi… dónde está Christine McGrath?

–Me temo que tanto Katie como ella fallecieron en el terremoto.

Cameron esperó un aluvión de emociones, pero no sintió nada. No era raro. Hacía años que había matado cualquier sentimiento por su madre.

Lo que sí sintió fue la mirada de Jo fija en él, esperando una respuesta.

–Siento oír eso, pero no tenía ninguna relación con mi madre. Si es la misma mujer que... No tengo absolutamente nada que ver con ella –quería dejar muy claro aquel punto.

–Entonces no debería de tener ningún problema en firmar este documento –dijo ella, sacando un sobre de la bolsa.

–Espere un momento –replicó él levantando una mano–. Soy abogado. Los abogados no firmamos documentos así como así.

–Si necesita pruebas de que era su madre, las tengo. Esperaba que quisiera verlas.

Él la miró en silencio, intentando encajar las piezas del rompecabezas. Lentamente, agarró el sobre.

–Christine McGrath nos abandonó hace veintiséis años y se fue a Wyoming –dijo, abriendo el documento.

–No, no se fue a Wyoming –respondió ella.

Cameron la miró duramente. Era la versión que su padre les había dado, y ninguno de los hermanos tuvo razón para cuestionarlo. En realidad, nunca habían vuelto a hablar del tema.

Jo cuadró los hombros y lo miró como si fuera una jueza a punto de imponerle una dura sentencia.

–Se fue a Sierra Springs hace veintiséis años, tuvo una hija llamada Katie y, hace once meses, Katie tuvo una hija. Callie McGrath.

A Cameron se le atenazó aún la garganta y sus dedos se quedaron petrificados sobre el papel. ¿Cómo era posible?

–Voy a adoptar a Callie, señor McGrath. Pero no podré hacerlo hasta que su pariente vivo más cercano firme este documento y renuncie a cualquier derecho sobre ella. No quiero vivir con la preocupación constante de que usted aparezca y reclame su custodia.

¿Custodia? ¿De un bebé?

–Cariño, no quiero la custodia ni de un pez de colores.

–Genial –dijo ella. Se levantó rápidamente, se volvió a colocar el sombrero y asintió hacia el documento que Cameron tenía en la mano–. Lo único que tiene que hacer es firmar y no volverá a verme nunca más. Se lo garantizo.

Una parte de él quería hacer eso. La parte que siempre había borrado cualquier recuerdo de su madre. La parte que lo había enseñado a controlar su entorno, su vida y sus emociones.

Pero otra parte oyó una vocecita casi inaudible. La voz casi apagada de su abuela irlandesa que le habría gustado ignorar.

«Vas a curar la herida de esta familia, Cam McGrath. Eres el mayor. Es tu obligación. Tú sanarás la herida».

Había olvidado aquella predicción. Igual que Colin y Quinn habían olvidado la herida, o al menos habían aprendido a fingirlo.

Pero allí estaba, frente a una mujer que tenía las respuestas que todos habían anhelado en secreto durante veintiséis años. Las respuestas que les harían cerrar las heridas de sus corazones de una vez para siempre. Las respuestas que podrían liberarlos del recuerdo de aquel trágico día, cuando desde la ventana del segundo piso observaban agazapados cómo su madre se iba de Pittsburg. A Wyoming. O a California. O adonde fuera.

Era obvio que aquella noche tendría que tomar otra decisión. Y las recriminaciones podrían ser mucho peores que perderse un partido de béisbol.

Podía firmar el documento y olvidar que Jo

Ellen Tremaine había pisado su despacho. O podía obtener más respuestas de la mecánica vaquera.

Aquélla podría ser su única oportunidad para sanar la herida... tanto para él como para sus hermanos.

Pero nunca dejaría que aquella mujer supiera que era eso lo que estaba haciendo.

Se levantó y le dedicó una vaga sonrisa.

—¿Y bien, Jo? ¿Por casualidad le gusta el béisbol?

Jo reprimió el impulso de quedarse con la boca abierta. Cameron McGrath la miraba fijamente desde su metro ochenta y dos de estatura con unos ojos increíblemente azules y brillantes.

¿Béisbol? ¿Acaso le estaba tomando el pelo?

—Creo que es tan sucio como aburrido —respondió.

—¿Sucio y aburrido?

¿De verdad quería discutir los méritos de béisbol cuatro minutos después de que ella le hubiera dicho que su hermana y su madre habían muerto y que tenía una sobrina pequeña a la que ella quería adoptar? ¿Realmente podía ser tan frío?

Por supuesto que podía. Jo había leído las cartas de la madre de Katie al padre de Cameron. Cartas que él había devuelto sin abrir. Jim MGrath estaba lleno de rencor, y ese rasgo dominaba los genes de los McGrath. Katie no los había heredado, pero sí el aspecto imponente que paraba la circulación por las calles.

Cameron McGrath, sin embargo, tenía una tez ligeramente distinta a la de su hermana. Su pelo era rubio oscuro; sus ojos, del color del cielo de California en un día despejado de septiembre. Su rostro era duro y atractivo, con la sombra de una barba incipiente y cejas pobladas. Mandíbula recia, pómulos perfectos... Rasgos universales de la gente guapa y de los McGrath.

Y por lo que podía conjeturar, bajo aquel traje hecho a medida tenía también un cuerpo perfecto.

Se obligó a concentrarse en la razón que la había llevado a Nueva York.

—¿Cuánto tiempo necesitará para leer y firmar los papeles?

—No estoy seguro. ¿Cuánto tiempo cree usted que me llevará hacerla cambiar de opinión sobre el pasatiempo favorito de la nación?

Jo casi se echó a reír por la superficialidad que le estaba mostrando.

—No dispone usted de tanto tiempo, señor McGrath. Mi vuelo sale a las once y media.

«Con ese documento firmado bajo el brazo», añadió para sí.

Él consultó la hora en su reloj de pulsera.

—Si tenemos suerte, veremos el primer lanzamiento. Y sin entradas extra, tal vez pueda ver el partido entero —añadió con un guiño.

Superficial y presuntuoso. Una de las combinaciones que menos le gustaban a Jo, por muy atractivo que fuera el hombre.

—No voy a ir a ningún partido de béisbol esta noche. Pero cuanto antes firme el documento, antes podrá ir al parque.

—Al parque no. Al Estadio —corrigió él—. Con E mayúscula.

Ella consiguió esbozar una triste sonrisa. ¿Qué tendría que hacer para que le firmara el documento?

—Supongo que esto significa mucho para usted —dijo él, inclinándose lo suficiente para que ella percibiera su olor fresco y masculino.

Aquella suposición formulada con voz de barítono hizo que Jo sintiera un escalofrío de aprensión en la espalda. O tal fuera de… otra cosa. Tendría que estar ciega y sorda para no reconocer el atractivo de aquel hombre. Pero tendría que ser estúpida para dejar que eso la influyera.

Y ella no era estúpida, sólo decidida. Callie McGrath no acabaría en un orfanato ni en una familia fría y distante que sólo la acogiera por curiosidad. Jo Ellen tal vez no fuera el modelo de instinto maternal, pero no podía resistirse a reparar un daño, del tipo que fuera. Y Katie había dejado una situación muy complicada a su muerte, al no haberle dejado nada a su hija pequeña.

–Sí, significa mucho para mí –respondió con cuidado–. Quiero hacer las cosas bien, no que algún cabo suelto amenace con estrangularme.

Una media sonrisa curvó los labios de Cameron.

–No quiero estrangularla, cariño. Sólo pretendo compartir un poco de béisbol sucio y aburrido con usted. Y durante el partido… –le puso una mano cálida en el hombro–, podemos conocernos un poco mejor el uno al otro.

Jo captó el sutil mensaje de la petición. Él era abogado, como se había asegurado de recordarle. Y no estaba dispuesto a estampar su firma en el documento que le presentaba una desconocida.

–Me parece justo –accedió, apartándose de su mano–. Pero, ¿es absolutamente necesario ir a un partido de béisbol?

–Absolutamente –respondió él con una carcajada, y se dirigió hacia la puerta–. Además, así podrá tomar su cerveza.

Jo tuvo el presentimiento de que iba a necesitarla.

Capítulo Dos

Cameron la vio subir al asiento trasero del taxi, admirando su espontaneidad, aunque a regañadientes, y la delicada curva de su trasero. Momentos después de que ella hubiera dejado caer la bomba, había decidido cómo jugaría a aquel juego. El único modo que tenía él de jugar a lo que fuera. Fríamente.

Era posible que ella se hubiera equivocado de Christine McGrath. O quizá fuese una estafadora. O quizá todo lo contrario.

Pero en el caso de que le estuviese diciendo la verdad, él le daría una oportunidad. Pasar un rato con ella no sería muy duro. Y hacerlo manteniendo la frialdad sería bastante fácil, puesto que la noticia de la muerte de su madre no lo había afectado como sería lo normal. Pero tampoco Christine McGrath se había comportado como una madre normal. Y el hecho de tener una hermana a la que no conocía y que también había fallecido en una desgracia natural era una lástima, pero no tenía ningún control sobre eso.

De haber sabido que Katie existía… Una extraña presión le contrajo el pecho. No lo había sabido, punto. Eso tampoco podía controlarlo.

Y él evitaba cualquier cosa que no pudiera controlar. De modo que evitaría sentir pena por una chica que había compartido la mitad de sus genes y que tristemente había muerto. En cuanto al bebé… bueno, él de ningún modo quería tener un bebé.

Tenía dos hermanos. Pero Quinn acababa de casarse y él y Nicole estaban trabajando muy duro en Florida. Colin estaba preparando su boda con Grace, y también ellos estaban muy ocupados con su empresa de arquitectura que los obligaba a vivir en Newport, Rhode Island. No podía afirmarlo con seguridad, pero dudaba de que ninguno de sus hermanos estuviese pensando en tener hijos, ya fueran propios o de su «hermana».

¿Y papá? James McGrath se había convertido en un solitario en los últimos años, tras jubilarse y haber acabado de educar a sus hijos. ¿Debería decirle que su ex mujer había muerto? ¿Y que la hija de ésta también había muerto?

¿Alguno de ellos necesitaba saberlo? ¿Sería verdad aquella historia? ¿Y por qué Jo se había presentado en su oficina y no en la de otro McGrath?

«Tú sanarás la herida, Cam McGrath».

Se removió en el asiento, lo que lo acercó un poco más a la misteriosa mujer que vestía como una ranchera en vez de una mecánica. Estaba sentada tan erguida y quieta como una estatua, mirando por la ventanilla las calles de Nueva York.

Puso las manos sobre los muslos, la misma postura que él había notado en su despacho, y soltó una larga exhalación. Era la viva imagen de la serenidad.

—¿Dónde aprendió a ser mecánica?

Ella lo fulminó con la mirada.

—No soy una mecánica.

—Estupendo —replicó él, poniendo la mano sobre las suyas y dándole una palmadita—. No confío en los mecánicos.

Ella le apartó la mano.

—Ni yo confío en los abogados.

Cameron se echó a reír.

—Pero no ha respondido a mi pregunta. ¿Cómo

se prepara uno para ser un... experto en reparar colisiones?

–Formación profesional. Estudié una temporada en Sacramento y luego trabajé en Reno. Abrimos el taller hace un año.

«¿Abrimos?» La mirada de Cameron bajó instintivamente a su mano izquierda. Ya había visto antes que no llevaba anillo.

–¿Su marido trabaja en el mismo negocio?

–No tengo marido.

¿Lo habría perdido en el terremoto?

–Ah, supuse que al decir «abrimos» se refería a su marido y a usted.

–Supuso mal –respondió ella con una sonrisa burlona–. Me refería a Katie y a mí. Ella era mi socia.

–¿Mi hermana trabajaba en un taller? –preguntó él, sorprendido.

Ella se retiró un hilo imaginario de los vaqueros y sonrió aún más.

–No soportaba poner un pie en el taller, y el ruido de la lijadora la hacía salir corriendo con las manos en los oídos.

–Pero era su socia.

–Teníamos dos negocios separados en el mismo local y bajo el mismo nombre: Buff'n'Fluff.

A Cameron se le escapó una carcajada sin poder evitarlo.

–¿Buff'n'Fluff? ¿Qué clase de negocio es ése?

Ella se encogió de hombros, como si le hubieran hecho esa pregunta un millón de veces.

–La reparación de los coches es Buff, un término común en mecánica, y Fluff es un salón de belleza –se apartó con dos dedos un mechón sobre el hombro–. Es un término usado en cosmetología. A eso se dedicaba Katie.

–¿Qué era? ¿Peluquera? –preguntó él, mientras

en su cabeza se iba formando lentamente la imagen de una mujer... Una imagen que no quería tener.

–Era estilista –corrigió Jo–. Pelo, cara, uñas... Cualquier cosa relacionada con la belleza. Ésa era su especialidad.

Cameron intentó borrar la vaga imagen de una versión femenina de sus hermanos, pero no pudo. La visión había cobrado forma. Maldición. Realmente preferiría no pensar en una persona a la que nunca había conocido.

–Entonces, asumo que nunca ha estado antes en un partido de béisbol profesional.

Ella giró la cabeza hacia él por el repentino cambio de tema.

–Nuestro negocio patrocinó el año pasado la liga infantil de Sierra Springs. ¿Eso cuenta?

Él volvió a reírse.

–No me extraña que lo calificara de aburrido y sucio –aquel comentario aún le dolía. ¿Cómo podía alguien no ver la poesía en el béisbol? Seguramente a cualquiera que aporreara guardabarros para ganarse la vida se le podría pasar por alto la elegancia de un deporte semejante–. Esto es algo distinto a una liga infantil. Esto es el Yankee Stadium. La meca del béisbol mundial.

–Si usted lo dice –aceptó ella lentamente, con un acento nasal del oeste que le resultó delicioso a Cameron–. Debe de haber algo más que nueve entradas, una escapada, diez carreras y alguien que acaba llorando.

Él volvió a reírse. Aquella descripción de la liga infantil le traía muchos recuerdos.

–¿No sabe que en el béisbol nunca se llora?

–Quien diga eso nunca ha visto a un niño de ocho años sufrir una herida en la frente por el impacto de la pelota –dijo ella, volviendo a mirar por la ventana. A los pocos segundos, se giró de nuevo hacia él con una expresión interrogadora–. ¿Le gustaría saber algo de su madre? –le preguntó tranquilamente.

Cameron la miró durante unos momentos, apenas consciente de que no había aire suficiente en el interior del vehículo. Jo lo observaba expectante, con los labios ligeramente separados.

–No –respondió finalmente, y le tocó la barbilla con un dedo–. ¿Le gustaría saber dónde están nuestros asientos?

Ella volvió a arquear la ceja, pero no se movió.

–No. Prefiero que me sorprenda.

–Será un placer –dijo él, y se apartó un poco para darle espacio. Había dejado clara su postura.

–¿Ha traído el sobre?

–Sí –respondió, palmeándose el bolsillo de su chaqueta.

–Estupendo. Tengo que estar en el aeropuerto con tiempo para tomar mi vuelo. Y espero llevarme el sobre conmigo.

Y ella también había dejado clara su postura.

Iba a ser un juego muy reñido.

Cuando el taxi los dejó en una esquina muy concurrida, ambos se quedaron un momento frente a la inmensa estructura. Las calles circundantes bullían de gente y actividad.

¿Cómo demonios había sucedido?, pensó Jo aterrada. El Yankee Stadium no era su plan.

Desde que la Madre Tierra provocara un cambio drástico en sus prioridades, su plan había sido adoptar a la niña a la que siempre había amado. Había supuesto que sería sencillo. El padre de Callie había desaparecido antes de ceder sus derechos paternales. Por lo visto, no soportaba haber sido un sinvergüenza que no cumplió las promesas que le hizo a Katie.

Durante una temporada, todo progresó sin muchos problemas. Jo consiguió sortear los innumerables trámites burocráticos, las agobiantes entrevistas, el infernal papeleo, además de levantar de nuevo su negocio, su casa y su vida. Hasta que su madre le contó la historia de la vida secreta de la tía Chris antes de instalarse en Sierra Springs.

Aturdida y afligida, pero sin perder un ápice de su resolución, Jo se pasó horas escarbando entre los escombros que fueron la vida de Christine McGrath. Y muchas más horas navegando por Internet buscando información de sus hijos, para luego decidir cuál era la línea de acción más apropiada y segura.

Al final se convenció de que su decisión era la correcta. Katie había muerto, y también la mujer a la que Jo había llamado «tía» Chris. Pero, por alguna razón, una niña había sobrevivido a la furia destructora de la naturaleza, y ella estaba dispuesta a hacer lo que fuera para que Callie creciera a salvo, protegida y amada.

Incluso una visita al Yankee Stadium.

Miró de reojo al hombre que la había llevado al estadio. Su preocupación por el béisbol en medio de una crisis familiar le confirmó que Cameron McGrath era tan frío e insensible como su padre, que había obligado a su mujer embarazada a irse de casa. Un hombre al que le repelería la idea de que le endosaran el error de otra persona. Por eso Jo había elegido a Cameron para el acercamiento. Entre los informes de sus éxitos profesionales, había descubierto una larga lista de relaciones cortas y aventuras pasajeras. Cierto, el hecho de que fuera abogado la intimidaba. Pero lo más importante era que, de los tres hermanos, era el único que estaba soltero y sin compromiso, y por tanto el menos indicado para querer un bebé. Y, siendo el primogénito, su firma debía de ser la de mayor peso legal.

Hasta el momento había hecho una buena imitación de insensibilidad. Negándose a hablar de su madre. Cambiando de tema. Ni siquiera preguntándole cómo había sobrevivido Callie al terremoto. Llevándola a ella a la ciudad. Incluso coqueteando con ella. Pero Jo percibía algo bajo su tranquila fachada. Algo tan poderoso que podría calificarse como el polo opuesto a la insensibilidad.

Hasta que supiera qué sentimientos ocultaba, no le haría ningún daño fingir que le gustaba el béisbol.

—Ésta... —la voz de Cameron interrumpió sus pensamientos— es la Casa que Ruth Construyó —hizo un gesto ampuloso hacia la montaña de granito que se levantaba ante ellos.

Junto a ellos había una réplica de un bate de béisbol de tres pisos de altura. Ella se echó el sombrero hacia atrás para verlo bien y asintió.

—La Meca.

Él sonrió y la condujo hacia una de las puertas.

—No me haga soltarle un rollo de estadísticas e historia, o se aburrirá más que en toda su vida.

Dudaba que Cameron McGrath pudiera aburrirla. Podría enfurecerla, fascinarla, e incluso excitarla si ella le diera la oportunidad. Aquel hombre era un caudal de energía masculina y seductora.

Él la llevó hacia la pequeña aglomeración que ocupaba una de las puertas. La sensación de su mano en la espalda le provocó una oleada de calor por todo el cuerpo.

Cameron saludó al portero y cruzaron el torno. Los sonidos y olores del verano se esfumaron en cuanto entraron en lo que parecía una gigantesca ballena de cemento. Por todas partes resonaban las voces y las pisadas en el granito. Sin pensar en lo que hacía, Jo agarró la mano de Cameron mientras él avanzaba con decisión por el laberinto de rampas y pasillos.

Se detuvo un momento para escuchar las palabras apagadas del locutor, que anunciaba el comienzo del partido.

Tiró de su mano y ella tuvo que alargar sus zancadas para mantenerse a su paso, ignorando a los vendedores de perritos calientes, nachos y cacahuetes. Jo se apretó el sombrero bajo el brazo, para que no se le volara en su carrera, y aspiró el penetrante olor de carne a la parrilla y cebollas. No había comido en todo el día, y el aroma le hizo la boca agua.

Pero sus sobrecargados sentidos arrasaron el hambre. Los repentinos estallidos de aplausos y silbidos, los flashes de luz cegadora y de una amplia extensión de hierba que se vislumbraban al final del túnel, y la reconfortante sensación de la mano de Cameron agarrándola la marearon un poco.

¿Marearse? ¿Qué demonios estaba pasando? Ella se peleaba contra el acero para ganarse la vida. Escalaba montañas altísimas para divertirse. Era una chica dura. ¿Cómo podía marearla una incursión al Yankee Stadium del brazo de un obseso del béisbol? Lo único que importaba allí eran los documentos que él portaba en el bolsillo de la chaqueta.

Tenía que sobrevivir a aquel juego y conseguir su firma. Y luego correr al aeropuerto y volar rumbo a casa y a Callie. Con su misión cumplida.

–Reza por que no haya pasado nada –le dijo él mientras se acercaban a un guardia de seguridad–. Ya es bastante malo haberme perdido el primer lanzamiento, pero perderme una carrera podría matarme.

–¡Cam, estábamos preocupados por ti! –dijo el

guardia, levantando un puño. Cameron levantó el suyo y se golpearon en los nudillos.

–Eddie, ¿cómo va el partido?

–Tres arriba en la primera, y Mussina es alucinante –respondió Eddie, con un acento neoyorquino tan marcado que Jo tuvo que esforzarse para entenderlo.

–¿Quién ha salido?

–A-Rod.

–¿Ya? –preguntó Cameron, horrorizado.

Eddie soltó un resoplido.

–Sí, la están jorobando con la alineación. Loftin y Meter se han quedado fuera –su mirada se desvió hacia Jo y una amplia sonrisa curvó su boca–. Sabía que tenías una buena razón para llegar tarde, Cam.

–Eddie, esta buena razón es Jo Ellen Tremaine. Viene de California y es su primera visita a Nueva York.

Eddie alzó las cejas.

–California, ¿eh? ¿A's o Angels?

–¿Cómo dice?

Cameron se echó a reír y la rodeó con el brazo.

–Oakland Athletics o los California Angels. ¿Cuál es tu equipo?

–Lo siento –se disculpó ella–. No soy aficionada a este deporte.

Eddie soltó una sonora carcajada y meneó un dedo delante de ella en señal de advertencia.

–Pues tendrás que serlo o… –señaló a Cameron– tendrás que despedirte de tu nuevo novio.

No tenía sentido darle explicaciones a aquel guardia. Jo se limitó a encogerse de hombros, como si perder a aquel novio no le importara más que el resultado del partido.

–Vamos, cariño –dijo Cameron, llevándola hacia las gradas.

Jo le asintió a Eddie, que seguía sonriendo y sacudiendo la cabeza, y se giró para ver el mar de hierba que se extendía ante ella.

Sin soltarle la mano, Cameron la hizo bajar unos cuantos escalones, hasta una fila de asientos privilegiados cerca del banquillo de los Yankees. La primera base estaba tan cerca que Jo pudo ver las motas de arcilla roja que cubrían el toldo de lona. Una lluvia de saludos los recibió, y Cameron respondió chocando palmas y nudillos.

Se acomodaron en sus asientos y él la rodeó con un brazo.

–Sabes quién es A-Rod, ¿verdad? –le preguntó al oído.

–Sí –aquel nombre le parecía más el de una herramienta que el de una persona, pero no se lo dijo.

De repente, un sonoro golpe puso al estadio entero en pie. Cameron tiró instintivamente de ella, y Jo tuvo que protegerse de los cegadores focos.

Casi enseguida todo el mundo se lamentó y se sentó. Cameron dejó un brazo alrededor de sus hombros. Su olor, tan característico y delicioso, se elevaba sobre el olor a palomitas de maíz que la rodeaba.

–¿Te apetece esa cerveza? –preguntó él.

Ella se echó hacia atrás para asegurarse de que él pudiera ver su mirada de advertencia.

–Esto no es una cita.

Él sonrió y la miró por encima del hombro.

–Finge por mí, ¿quieres? Tengo una reputación que mantener desde un extremo a otro del Bronx.

–Seguro que sí.

Él le clavó una mirada demasiado cálida y amistosa para la situación en la que estaban.

–Una buena reputación –le aseguró–. Como un caballero que le compraría a una dama lo que a ella le apetezca.

Otro impacto de la bola contra el bate reclamó su atención y volvieron a levantarse. Esa vez el golpe fue un éxito, y el jugador acabó en la segunda base. Joe pensó que al menos debería intentar seguir el partido.

Volvió a sentarse, pero Cameron permaneció de pie y le silbó a un vendedor. Dos bolsas de cacahuetes volaron hacia él, seguidas por la entrega en mano de dos vasos de plástico espumosos. A su alrededor la gente charlaba y bromeaba, como si todos se conocieran entre ellos, y antes de que Jo supiera qué estaba pasando, se había producido la cuarta entrada y ella había ingerido ya medio vaso de cerveza y tres cuartas partes de una bolsa de cacahuetes. Y finalmente había comprendido lo que era una línea.

Pero no sintió que estuviera consiguiendo nada.

Cameron hablaba de su equipo con una pasión fascinante, moviendo exageradamente las manos y con una intensa expresión en el rostro. Su cuerpo entero permanecía presionado contra el costado de Joe, y el brazo metálico del asiento era lo único que a ella le impedía sentir sus músculos de acero.

No pudo evitar mirarlo de reojo mientras él observaba el partido. Ni tampoco pudo evitar darse cuenta de que él hacía lo mismo. Pero en las miradas de Cameron no había nada de discreto. La miraba con descarado interés, y cada vez que lo hacía una respuesta involuntaria estremecía el cuerpo de Jo.

Intentó mantener una conversación ligera y actuar como si no fuera consciente de la tensión y la atracción que ardía entre ellos. Por alguna razón, él la había llevado consigo al estadio. Y ella le seguiría el juego hasta conseguir lo que quería.

–¿Cómo te convertiste en un fan de los Yankees? –le preguntó–. ¿No tienen equipo de béisbol en Pittsburg?

Él se quedó de piedra, con la cerveza a medio

beber, obviamente sorprendido por la pregunta. No habían hablado de dónde había crecido.

–Nueva York es ahora mi hogar –respondió simplemente, y tomó un trago–. Estudié Derecho en Fordham, a diez minutos de aquí, y me gradué en Empresariales en Columbia. Vivo, respiro, como y pertenezco a la ciudad de Nueva York.

–Lo sé –dijo ella, pero no sabía por qué había abandonado el hogar de su infancia.

–Estoy en clara desventaja –dijo él suavemente, tan cerca de su oído que a Joe le dio un vuelco el estómago por las vibraciones de su voz–. Pareces saber mucho más de mí que yo de ti.

Tenía derecho a obtener información sobre ella, se recordó Jo. No había ningún peligro en ello.

–Vivo y trabajo en Sierra Springs. Tengo treinta años, una casa propia y un taller en la ciudad –aquella información no era muy personal, al fin y al cabo.

–¿Novio?

Eso sí que era personal.

–No.

–¿Has estado casada alguna vez?

Jo supuso que era una pregunta legítima, considerando que había una adopción pendiente.

–Por poco tiempo.

–¿Qué pasó?

–Quiso mudarse a Los Ángeles.

–¿Y no supisteis solucionar ese pequeño detalle?

–Quería irse a Los Ángeles con otra mujer.

–Oh.

Sí. «Oh». Jo se encogió de hombros.

–Esas cosas ocurren.

–Por supuesto. ¿Cuánto tiempo estuviste casada?

Un aplauso colectivo amenazó con ahogar su respuesta, pero él se mantuvo sentado y esperó a oírla.

–Estuve casada un año, más o menos –dijo ella–.

Tenía sólo veintidós años –no había esperado tener que darle una información tan personal. Lo normal hubiera sido que sólo quisiera saber cosas de su hermana y su madre. Y tal vez de Callie.

Quería darle a Cameron McGrath todo lo que él pidiera, fotos, información, las cartas de su madre a su padre, si firmaba los papeles. Llevaba muchas pruebas en su bolso, junto a su cepillo de dientes, un peine y una muda para su corta visita a Nueva York. No tenía intención de permanecer en la ciudad un minuto más de lo necesario. La próxima reunión con Child Services para tratar la adopción era la semana siguiente, y tenía que estar preparada.

–¿Hijos? –preguntó él.

–Sólo la que pretendo adoptar.

Oh, señor, ¿su peor pesadilla se había convertido en realidad? ¿Y si de repente él decidía que quería hacerse cargo de Callie? Era una idea absurda para un hombre que admitía no querer ninguna responsabilidad, pero en los últimos meses habían sucedido cosas mucho más absurdas. La ley estaría del lado de Cameron, aunque su estilo de vida no admitiera a un bebé… a menos que quisiera llevar un carrito al Yankee Stadium.

–Tú nunca has estado casado –era más una afirmación que una pregunta.

–Nunca lo he estado y nunca lo estaré.

–Pareces muy seguro.

Cameron esbozó una media sonrisa.

–Hay apuestas seguras, Jo.

–¿Y el matrimonio no es una de ellas?

–No estoy diciendo eso –tomó otro trago de cerveza y dejó el vaso en el suelo–. Lo que es una apuesta segura es que nunca me casaré.

Estupendo, pensó Jo con gran alivio, pero ¿cómo podía estar él tan seguro?

—¿Por qué?

Él la miró con ironía.

—Creo que ya sabes lo bastante de mi vida como para responderte a eso tú misma.

Jo frunció el ceño.

—¿Es por tus padres?

—Por mis padres no —la corrigió él rápidamente—. Por mi madre. Fue ella la que me hizo renegar de las relaciones duraderas.

¿Su madre? Se había visto obligada a marcharse, y durante años había intentado reavivar una relación con su marido y sus hijos, pero ellos la habían ignorado. ¿Cómo era posible que Cameron no lo supiera?

El público volvió a rugir, pero él la sorprendió al tirar de ella y apuntar hacia el campo.

—Mira eso, cariño —le dijo riendo—. ¿De verdad te parece que hay algo «aburrido» en esa brillante carrera?

Lo que era brillante era su cambio de tema. Pero por ella no había ningún problema. No quería hurgar en su pasado si él tampoco quería. Cuanto menos contara, mejor. Sin embargo, no quería que se desviara demasiado del asunto.

—Necesito estar en el aeropuerto JFK a las diez y media como muy tarde —le recordó.

Él miró la hora en el marcador del estadio.

—Va a ser difícil.

A Joe se le encogió el corazón. No podía hacerle eso. No tenía razón para negarle su firma. Era obvio que no le importaba su madre y que no quería cargar con la responsabilidad de un bebé de once meses.

—Vas a firmar ese documento, ¿verdad, Cameron?

Él la apretó ligeramente con la mano.

—¿Qué pasará si no lo hago?

Que el mundo de una niña, y el suyo propio, volvería a derrumbarse.

–Lo harás.

–¿Qué pasará si lo hago?

–Que me iré. Tomaré un taxi y prometo que nunca volverás a verme en tu puerta.

Una sonrisa reveló lentamente sus blancos dientes.

–En ese caso, voy a aprovecharme de todo el tiempo que tenga –se inclinó hacia su oído para susurrarle–: Y te gustaría ver mi puerta. Está en una buena zona de la ciudad y está decorada profesionalmente. Puedes verla cuando quieras.

A Jo la traicionaron todas las células de su cuerpo, que se pusieron a vibrar frenéticamente. Sólo de pensar en lo que le estaba sugiriendo sintió que le flaqueaban las rodillas. Genial. Sencillamente genial. No había contado con tener que luchar contra sí misma para conseguir lo que quería.

Intentó respirar hondo, siguiendo la técnica de yoga que Katie le había enseñado, pero le salió una exhalación temblorosa. Cameron sonrió aún más al oírla.

–No te pongas nerviosa –le dijo, palmeándole íntimamente el hombro–. Estamos ganando. Y los Sox están malditos. No tienes nada de lo que preocuparte.

Ambos sabían que no era el partido lo que la preocupaba.

Capítulo Tres

La cuarta entrada fue mortal. Boston consiguió cuatro carreras y los Yankees necesitaban dos lanzamientos. Las perspectivas no eran nada favorables.

Eran las nueve y media. Cameron sabía que no podrían ver el final del partido si llevaba a Jo al aeropuerto para el vuelo de las once y media.

En cualquier caso, aún tenía preguntas que hacer. Muchas preguntas.

Le importaba un bledo lo que le hubiera sucedido a Christine McGrath. Pero sus hermanos habían sido muy pequeños cuando ella se fugó y tenían derecho a saberlo. Especialmente Colin. El hermano menor siempre se había culpado a sí mismo por el abandono de su madre, pero ni siquiera era capaz de decir su propio nombre cuando ella desapareció.

Tomó la mano de Jo y la apretó.

–Es hora de irse –dijo suavemente.

Los cobrizos ojos de Jo se iluminaron de sorpresa, pero enseguida frunció el ceño.

–¿No quieres ver el final del partido?

–Sí, pero no quiero acabar con una huella de tu bota en mi trasero por haber perdido tu vuelo.

Se levantaron, Cameron se despidió de los espectadores con quienes compartía cada partido y se dirigieron hacia el túnel.

Oyó el golpe del bate, y por el ruido del público supo que aquel golpe había cambiado el partido. Al no detenerse, ella lo miró expectante.

Él le dedicó una sonrisa furtiva.

—No pensarías que iba a permitir que llegases tarde, ¿verdad?

El locutor anunció una doble.

Maldición.

Ella entrelazó el brazo con el suyo y lo recompensó con una radiante sonrisa.

—Gracias, Cam.

Ah, demonios... Por una sonrisa así merecería la pena perderse todo el campeonato.

—No hay de qué. Siempre que estés dispuesta a admitir la verdad.

Ella ralentizó el paso.

—¿La verdad?

Él señaló el campo con el pulgar por encima del hombro.

—¿Sucio y aburrido?

—Bueno... —le apretó íntimamente el brazo—. Tu entusiasmo puede ser contagioso.

Él se echó a reír y la estrechó contra su costado, notando que su paso parecía aligerarse y que su sonrisa parecía sincera. Jo podía sentir que estaba consiguiendo lo que había ido a buscar, y obviamente eso la hacía feliz.

—Tengo algo que decirte, Jo —dijo cuando salieron del estadio.

—¿Qué?

Tal vez fuera la fragancia de sus cabellos, o el tacto de su brazo esbelto. Tal vez fuera la extraña camaradería que había sentido con la primera mujer que no intentaba fingir que entendía de béisbol pero que estaba dispuesta a aprender. No sabía qué era, pero quería decirle lo que estaba pensando.

—Es una lástima que hayamos tenido que conocernos en estas circunstancias tan extraordinarias.

—¿Por qué? —volvió a mirarlo, con los labios ligeramente separados y su ridículo pero encantador sombrero de vaquera proyectándole una sombra sobre sus delicadas mejillas–. ¿Porque crees que en otras circunstancias me hubieras convertido en una fanática del béisbol?

–Sí –respondió, quitándole el sombrero para poder acercarse más–. Creo que hubiera podido hacerlo.

Cara a cara, como si fuera lo más natural del mundo, la abrazó por la cintura y ella le rodeó el cuello con los brazos. Sus alturas eran casi perfectas, pensó él. Los ojos de Jo quedaban a la altura de su boca.

–Vas a firmar los papeles, ¿verdad?

Él asintió una vez. Con aquella adorable mirada de gratitud clavada en sus ojos, sólo tenía que inclinar la cabeza tres centímetros… abrir la boca para encontrarse con la suya y…

La besó.

Sabía a sal, cerveza y menta. Sus labios eran cálidos y suaves, y cuando se abrieron para recibirlo, él exploró con la lengua el delicado interior de su boca. La cabeza empezó a zumbarle por el placer instantáneo. Tensó los brazos en torno a ella y se movió lo justo para hacer el beso más intenso y duradero.

Y duró lo suficiente para que una llama prendiera en su interior.

Lentamente, ella se apartó. Tenía los ojos cerrados, pero su hermosa boca estaba curvada en una sonrisa. Por alguna razón, aquello lo complació más que nada. Jo no se había retirado con brusquedad llamándolo sinvergüenza. Al contrario; parecía haber disfrutado con el beso. Con su beso.

–¿Sabes lo que haré? –le susurró, con la boca lo suficientemente cerca como para hacerle sentir el movimiento de sus labios.

–¿Qué? –preguntó él.

–Le enseñaré a Callie el reglamento del béisbol y le compraré una gorra de los Yankees, ¿de acuerdo?

Un millón de emociones recorrieron a Cameron, pero se esforzó por reprimirlas.

–Hazlo, cariño –le deslizó las manos sobre la cintura y los músculos prietos del trasero.

Ella levantó el rostro hacia él y lo miró con un brillo triunfal en los ojos.

–No sabes lo feliz que me haces.

Aquella vez fue ella la que inició el beso, trasladando toda su felicidad en una conexión instantánea entre sus bocas.

Él ladeó la cabeza para saborearla una vez más, tomándole el rostro entre las manos y entrelazando los dedos en sus cabellos. Una llamarada de fuego líquido le recorrió las venas, excitándolo y endureciéndolo contra el vientre de Jo.

Tenía que controlarse si no quería que ella perdiese el vuelo. Se apartó y le acarició el labio inferior con la punta del dedo, resistiendo el impulso de introducírselo en la boca, donde su lengua acababa de estar.

–No hay nada como un poco de béisbol para hacer entrar en calor a una dama –dijo con una sonrisa.

Ella también sonrió y se apartó sin decir nada. Había ganado, y ambos sabían que el triunfo había sido el detonante de su inesperada muestra de afecto.

–Vamos, cariño –tiró de ella hacia la parada de taxis que había en la esquina del estadio–. Tenemos que ir al aeropuerto.

Al llegar a la parada, abrió la puerta del primer taxi de la fila.

–Tú primero.

Pero ella no se movió.

–No, Cam. No tienes que acompañarme al aeropuerto. Sólo tienes que… –miró el bolsillo de su chaqueta– firmar –dijo, con una mirada suplicante y arrepentida–. Firma el documento y me iré.

–¿Y perder la ocasión de besarte en el taxi? ¿Estás loca?

Ella soltó una breve carcajada.

–Creo que ya nos hemos besado bastante por una noche.

Alargó el brazo hacia el bolsillo de la chaqueta, pero él la detuvo.

–Entonces hablaremos.

Ella la miró arqueando su preciosa ceja en un gesto de incredulidad.

–En serio –le aseguró él, metiéndola en el taxi–. Solamente hablaremos.

No le importaría besarla en el asiento trasero de un taxi durante una hora, pero era el momento de hablar.

Besar a Cameron McGrath había sido una estupidez. Y había sido increíble.

De acuerdo, había sido increíblemente estúpido.

Pero se había sentido tan complacida de que accediera a firmar los papeles y tan… excitada, que no había podido resistir el deseo de besarlo. Y la verdad era que quería besarlo de nuevo.

Se desplazó al extremo del asiento y él hizo lo mismo. Tal vez Cameron quisiera hablar de verdad.

Si firmaba el maldito documento, sería capaz de besarlo como una tonta hasta el aeropuerto. Dios, había pasado mucho tiempo desde que un hombre la excitaba así. Desde la debacle de su matrimonio, se había refugiado en sí misma, y había tenido que admitir que la teoría de su madre era cierta: los hombres siempre se marchaban.

Se había mantenido demasiado ocupada arreglando coches como para prestar atención a los hombres que pasaban por el taller. Un par de ellos le habían llamado la atención, pero no podía recordar a nadie que le derritiera las piernas o que le provocara aquel nudo en el estómago.

A Katie, en cambio, se le habían derretido las piernas y se le había encogido el estómago con bastante frecuencia. No sólo eso, sino que su cabeza también se desintegraba en presencia de un hombre sexy. Por supuesto, aquella debilidad llevaba a situaciones muy embarazosas, y Jo había tenido que emplear casi todo su tiempo libre en arreglar esos desastres.

—¿Dónde está el padre?

—¿Te refieres al padre de Callie? —odiaba pronunciar el nombre del bebé. No quería que Cameron tuviera el menor interés en conocerla. Si la veía, se quedaría prendado de ella, sin duda. Todo el mundo se enamoraba de Callie a primera vista. Era una réplica de Katie: hermosa, seductora e irresistible.

—¿Estaba casado? —preguntó él.

—Sí.

—Oh —la decepción de su voz era evidente.

—En su defensa hay que decir que ella no lo sabía... al principio.

—¿Y él no quiere ocuparse de su propia hija? —la decepción se tornó en disgusto.

—Preferiría que su mujer y sus hijos no supieran nada de Callie. Renunció a sus derechos paternales mucho antes de que ella naciera.

Cameron soltó una exhalación y miró por la ventanilla.

—¿Por qué demonios se lió con un hombre casado? ¿Era estúpida o qué?

—No —se apresuró a negar Jo—. Era muy inteligente. En algunos aspectos, incluso brillante. En su trabajo, en los libros… Todo eso. Pero tenía una debilidad por los hombres guapos y de buenos modales. Y ellos, casi siempre, tenían debilidad por ella.

Él soltó un bufido.

—De tal palo tal astilla.

Jo se puso rígida ante el comentario y se volvió hacia él.

—Mira, puedes insultar todo lo que quieras a Katie. Después de todo, es tu hermana y una espina en el trasero. Pero no te permito que insultes a tía Chris. Esa mujer era una santa.

—¿Tía Chris? —repitió él con una risa amarga—. Definitivamente, no estamos hablando de la misma Christine McGrath.

Jo no podía creerse lo que estaba oyendo. ¡Cameron culpaba a Chris!

—¿Por qué dices que Katie era una espina en el trasero? —le preguntó él antes de que ella pudiera recuperarse.

—Era… —¿cómo podía expresarlo?—. Tenía muy poco carácter —dijo. Porque Katie ansiaba tener a un hombre para llenar el vacío de su padre.

Una punzada de culpa acompañó aquel pensamiento. Dios, no quería que lo mismo le pasara a Callie.

Pero a Jo no le había pasado, y ella había sido criada sin un padre. Aquella desesperación no tenía por qué sufrirla una chica sin padre.

—¿Era una…? —dejó la pregunta sin terminar, mirándola significativamente.

—No —le aseguró ella—. Tenía sus principios morales. No era un caso perdido. Pero tuvo una aventura con un hombre casado y se quedó embarazada. No era la primera chica que cometiera ese error.

—¿Estabais muy unidas?
—Como hermanas.

En las sombras del taxi, creyó ver que Cameron ponía una mueca de disgusto.

—¿Cómo la conociste?

—Chris llegó a Sierra Springs cuando yo tenía tres años, casi cuatro. Estaba embarazada y buscaba trabajo. Mi madre le dio un empleo en el salón de belleza y prácticamente fueron vecinas. Chris era como mi tía, y así la llamé siempre. Y Katie estuvo siempre ahí. Desde que puedo recordar.

Durante un rato él no dijo nada. Se quedó mirando por la ventanilla con expresión apenada. Jo aprovechó para estudiar su rostro. Aquellos rasgos arrebatadoramente atractivos que iluminaban las luces de los coches. Sus intensos ojos azules tenían una mirada distante, y apretaba la mandíbula por alguna emoción oculta.

«No pienses demasiado, Cam», le suplicó ella en silencio. «No cambies de opinión ahora. Firma el maldito documento de una vez».

No quería presionarlo, pero los nervios le habían agotado la paciencia.

—¿Hemos hablado ya bastante? —le preguntó tranquilamente, y esperó su respuesta conteniendo la respiración.

Él se giró hacia ella. El brillo de seducción había vuelto a sus ojos y su expresión se había relajado.

—¿Lista para besarnos de nuevo?

Jo casi se echó a reír por la broma.

—¿Firmarás los papeles?

Cameron sonrió y se acercó un poco más. Su olor familiar le hizo cosquillas en la nariz a Jo mientras él invadía el espacio que los separaba.

—Eres incansable. ¿Lo sabías?

—Deberías verme arreglando una abolladura.

—Me encantaría —susurró él, acercándose más.

Ella le puso una mano en su pecho, sólido como una pared de granito.

–Firma.

–Bésame –respondió él, deslizando una mano bajo sus cabellos.

–Eso es chantaje.

–En realidad, es extorsión.

Se acercó tanto que ella pudo ver sus pupilas dilatadas, incluso en el interior del taxi a oscuras.

Se obligó a girarse hacia la ventanilla, a tiempo de leer un letrero verde y blanco.

–Estamos llegando al aeropuerto.

La mirada de Cameron le recorrió el rostro y se concentró en su boca. Ella tuvo que reprimir el impulso de tirar de su cabeza y presionar la boca contra la suya. En vez de eso, metió la mano en el bolsillo de su chaqueta y agarró el sobre.

Él debió de notar lo que estaba haciendo, pero no la detuvo.

–Toma –dijo ella, tendiéndole el sobre–. ¿Necesitas un bolígrafo?

En vez de tomar el sobre, Cameron se recostó en el asiento con un aire de derrota.

–Necesito leerlo.

A Jo se le encogió el corazón.

–Es muy largo. Un montón de términos legales.

–Mi lengua nativa.

El taxista golpeó de repente la mampara de separación.

–¿Con qué compañía vuela?

Oh, señor. Habían llegado al aeropuerto y ni siquiera tenía su firma.

Abrió el sobre mientras Cameron se inclinaba para hablar con el taxista. El documento sólo constaba de dos hojas. Jo hurgó en su bolso y encontró un bolígrafo.

–Toma –dijo, tendiéndoselo a Cameron.

Él se limitó a negar con la cabeza.

–Dentro. Lo leeré en la terminal.

A Jo no le quedó más remedio que aceptarlo.

El taxi se detuvo frente a la puerta de la terminal. Mientras Cameron pagaba la carrera, ella salió con el sobre en la mano.

–¿No tienes más bolsas? –le preguntó él cuando entraron en la terminal.

–No tenía pensado quedarme.

–¿Y si no firmara el documento? ¿Volverías a casa?

–No he venido a Nueva York para hacer turismo –respondió ella. Le golpeó el pecho con el documento y le puso el bolígrafo en la mano–. Toma. Léelo mientras voy por mi tarjeta de embarque.

Se dio la vuelta y se alejó. El corazón le latía con cada paso.

«Firma, por favor. Firma, por favor».

Bajo el panel de los vuelos y los horarios, se imaginó las palabras que estaría leyendo Cameron. Era muy simple. Lo único que decía el documento, en una serie de frases interminables, era que él, como hermano mayor y pariente vivo más cercano, cedía todos sus derechos y deberes sobre Callie Katherine McGrath.

De repente sintió que estaba tras ella. Una presencia cálida y poderosa. Él le puso las manos en los hombros y apretó suavemente.

–No puedo hacerlo, cariño.

Jo se giró bruscamente.

–¿Qué?

–Aparte de que no hay ninguna prueba que me relacione con Callie Katherine McGrath, este documento requiere la firma de un notario.

–No, no la requiere. Lo comprobé antes de salir de California.

Cameron señaló una línea de palabras minúsculas al final de la página.

–Nueva York es uno de los estados a los que se refiere esta línea.

–Tengo la prueba en mi bolso –insistió ella, pero presentía que no había nada que hacer–. ¿Podemos buscar un notario?

–¿A las diez y media?

La decepción la dejó aturdida. Si él tuviera tiempo de sobra, podría cambiar de opinión. Pero Jo esperaba que aquélla fuese una conversación muy breve.

–Esta noche no se puede hacer nada –dijo él tranquilamente–. Mañana iremos a mi oficina, llamaremos a un notario y podrás irte en otro vuelo.

–Pero… pero…

–Vamos –la interrumpió él, rodeándola con un brazo–. Ahora podrás ver mi puerta, después de todo.

Cameron sonrió y alargó un brazo para mantenerle a Jo el sombrero en la cabeza. El ala amenazaba con caer hacia atrás mientras ella miraba el edificio de cincuenta y dos plantas. Los extremos de su melena rozaron su trasero, una imagen que a él le resultó increíblemente excitante.

–¿Vives aquí?

–Que no te extrañe tanto –dijo él riendo–. Estamos en el Upper East Side. La gente mataría por tener un apartamento en este edificio.

–Pero es un rascacielos.

–No me digas que tienes miedo de las alturas.

Ella lo miró con incredulidad.

–Escalo montañas.

–¿En serio?

–Subí a Shasta y a Whitney en el mismo año –respondió, volviendo a mirar el edificio–. Así que supongo que puedo subir a tu monolito.

–Por suerte, tenemos ascensores.

Una vez dentro del edificio, saludó a Gervaise, quien asintió a Jo. No parecía en absoluto interesado en que llevara a casa a una mujer con sombrero y botas de vaquera. Naturalmente, aquel portero no se sorprendía de que apareciera con una desconocida, pero la vestimenta de rodeo exigía al menos una ceja arqueada.

–Vivo en el piso treinta y dos –le dijo a Jo mientras entraban en el ascensor–. Ya verás qué vistas.

Cuando las puertas se cerraron, Jo se cruzó de brazos y se apoyó de espaldas contra la pared, cerrando los ojos.

–¿Estás bien? –le preguntó él–. Es un ascensor exprés, y algunas personas se marean un poco.

Ella negó con la cabeza y sonrió.

–Te aseguro que no me asusta.

Pero era obvio que algo sí la asustaba.

–No tienes de qué preocuparte. Tengo una habitación libre.

Ella abrió los ojos.

–Tampoco estaba preocupada por eso.

El ascensor se detuvo en el piso treinta y dos y Cameron sacó las llaves del bolsillo.

–No pensarías que iba a firmar esto sin la comprobación de un juez o un notario, ¿verdad?

La mirada de Jo confirmó que era precisamente eso lo que había pensado.

–Bueno, tal vez cualquier otro hubiese firmado, pero yo soy abogado. Quienquiera que te haya dicho que una firma obtenida en un aeropuerto tendría validez ante un juez te ha aconsejado mal.

–Nadie me ha aconsejado nada –replicó ella–. Y me dijiste que lo firmarías. Justo antes de besarme.

Él abrió la puerta.

–Me besaste tú.

–Tú me besaste primero.

–Bueno, alguien tuvo que tomar la iniciativa en lo que ambos deseábamos.

Ella permaneció junto a la puerta, como si las botas se le hubieran quedado pegadas a la moqueta.

–Lo que yo deseaba era tu firma.

¿Y por eso lo había besado?, se preguntó Cameron.

–No es un asunto para discutir en el pasillo –dijo, y la hizo entrar.

Ella dio un paso para cruzar la puerta, pero pareció resultarle muy doloroso.

–Sí pensé que ibas a firmar el documento –admitió con voz temblorosa.

–Y lo haré –respondió él. Se movió por el salón, encendiendo unas cuantas lámparas, y presionó el botón que descorría las cortinas de un amplio ventanal–. Seguro que no tienes vistas como ésta en Sierra Springs.

Jo avanzó por la habitación, fijándose en la increíble vista de luces y agua.

–Nuestras vistas son distintas.

–El apartamento está orientado al este. Ése es el East River. Ahí abajo está el puente de Brooklyn. Y...

Ella se giró bruscamente hacia él, echando chispas por los ojos.

–¿Me lo prometes?

Cameron sabía a qué se refería. Y no tenía ningún motivo para torturarla negándole su firma. Ella le había respondido a todas sus preguntas, aunque él no estaba interesado en saber más detalles morbosos sobre la «santa» que había sido su madre. Le firmaría el documento, pero lo haría legalmente.

–¿Me lo prometes, Cam? –volvió a preguntarle.

Pero él no le mentiría. Ni siquiera por otro beso ardiente.

–Haré lo que sea correcto –le dijo–. Siempre lo hago.

–Entonces tenemos algo en común –respondió ella, aparentemente más relajada–. Por eso estoy aquí.

Arrojó el sombrero al sofá, y una vez más la visión de ella contra su mobiliario le pareció incongruente a Cameron. Jo no pertenecía a Manhattan. No parecía incómoda, tan sólo fuera de lugar.

–Quítate también las botas, si quieres –le sugirió, dirigiéndose hacia la cocina–. ¿Te apetece una cerveza?

–Sólo agua –dijo ella, ignorando la insinuación de que comenzara a desnudarse.

Cuando Cameron volvió al salón, ella estaba junto a la ventana, hablando por su móvil en voz baja.

–No le des otra vez ese potingue de soja, mamá. Lo odia.

Hablaban del bebé, sin duda. Un tema sin el menor interés para Cameron. Aprovechó para observarla por detrás. Su pelo no estaba tan arreglado como cuando la vio por primera vez, pero le caía por la espalda de un modo demasiado tentador para cualquier mortal.

–De acuerdo. Te veré mañana –se despidió ella. Se giró y aceptó el vaso de agua con hielo que él le ofrecía–. Gracias. Yo también tengo una vista muy bonita, ¿sabes? –añadió, sin querer hablar de su llamada–. Pero de noche no hay ninguna luz. Sólo la luna.

Él se sentó en el sofá, esperando que se sentara a su lado.

–¿No hay luces? ¿Dónde vives?

–Al pie de las colinas. En una vieja casa que estoy reformando.

–Y lo estás haciendo tú misma, supongo.

Ella sonrió y se sentó en un sillón frente a él.

–Exacto. Acabo de terminar la cocina.

Cameron se echó a reír y tomó un trago de su cerveza.

–Creo que nunca había conocido a una chica que jugara con motores, escalara peñones y pusiera azulejos.

–Y aún no la has conocido. Yo no juego con motores. Me dedico a reparar la carrocería. Yo no escalo peñones. Escalo montañas. Y no he puesto ningún azulejo, pero sí he hecho armarios nuevos y he instalado una encimera –se quitó las botas con un par de ágiles movimientos y plantó los pies sobre la mesita baja de cristal, como si fuera un reposapiés en vez de una obra de arte–. Y te desafío a encontrar una sola grieta en toda la cocina.

Cameron no pudo evitar una carcajada.

–Una auténtica manitas.

–Me han llamado cosas peores.

–¿Ah, sí? ¿Por ejemplo?

–Marimacho, sobre todo.

–Seguro que nadie te ha llamado así desde hace quince años, por lo menos.

Ella puso una mueca y sonrió sarcásticamente.

–Veamos… ¿Cuándo fue el terremoto? Hace tres meses. No lo recuerdo con exactitud, pero Katie me llamaba así unas tres o cuatro veces al día. De modo que sí, hace menos de quince años que he recibido ese calificativo.

No era la primera vez que Cameron captaba un asomo de rivalidad, incluso algo parecido a los celos, cuando Jo hablaba de esa mujer.

–¿Por qué me dijiste que Katie era una espina en el trasero?

–Los problemas persiguen a algunas personas, ¿no lo sabías? –dijo, mirándolo fijamente a los ojos–. Como aquel personaje de dibujos animados,

Li'l Abner, que siempre tenía nubarrones sobre su cabeza. ¿Lo recuerdas?

–Vagamente.

–Pues así era nuestra Katie. Un precioso, salvaje, irreverente e intrépido montón de problemas.

–Tengo un hermano así –dijo Cameron riendo–. Colin, el rebelde.

–Podrían ser gemelos.

Algo se retorció en el corazón de Cameron.

–¿Qué quieres decir?

–Cuando estuve... buscando información sobre tu familia, encontré una foto de Colin en un artículo del *Newsweek*.

Cameron recordó el artículo sobre el diseño de Colin para la opera de Oregon.

–¿Y se parecía... a ella?

Jo asintió.

–En el pelo negro y en los ojos. La misma cara. Sólo que Katie era muy pequeñita y Colin era bastante alto, igual que tú. Pero podrían haber sido gemelos.

Hasta ese momento, Cameron no se había tragado la historia. No del todo. Una parte de él había estado jugando, tan intrigado por la inesperada visita que no se había molestado en pedirle pruebas. Ni siquiera había creído que el documento fuera legítimo hasta que ella se lo mostró.

¿Realmente había tenido una hermana? ¿Una hermanastra?

Y, santo cielo, ¿tenía una sobrina?

«Depende de ti, Cam McGrath. Eres el mayor. Tú sanarás la herida».

Se pasó la mano por el pelo y por la mandíbula, que empezaba a oscurecerse por una barba incipiente. Oh, Dios... ¿Acaso Gram McGrath había tenido razón?

–¿Tienes una foto? –preguntó finalmente.

Jo se levantó y fue hacia el vestíbulo, donde había dejado el bolso.

—Tengo fotos de Katie y de tía…

—Sólo de Katie —la cortó él. No tenía interés en ver a su madre.

—Deberías superar ese rencor, Cam. No era la Malvada Bruja del Oeste.

—Seguro que tampoco era la santa patrona de los niños perdidos —dijo él poniendo los ojos en blanco.

—¡Cameron! —exclamó ella, horrorizada—. ¿Alguna vez has pensado que tal vez no sepas lo que ocurrió? ¿Tu padre te lo contó todo?

—Me contó lo suficiente.

—Entonces, ¿por qué odias a una mujer a la que rechazó su marido por estar embarazada de una hija suya?

Un destello de furia se encendió en la cabeza de Cameron, que recurrió enseguida a su profundo autocontrol. Cerró los ojos y echó la cabeza hacia atrás.

—No, cariño, lo siento. Si estaba embarazada, no era de mi padre. No fue rechazada por nadie. Se marchó de casa para encontrarse a sí misma —pronunció las palabras con el asco que siempre le habían producido. Odiaba aquel tema.

El bolso de Jo lo golpeó en el estómago, haciéndole abrir los ojos.

—¡Eh! —exclamó.

—Veo que la testarudez y la ignorancia son tan hereditarios en tu familia como los pómulos marcados —dijo ella. Estaba de pie frente a él, con las manos en las caderas y echando fuego por la mirada—. Ahí encontrarás algunas cartas. De tu madre a tu padre. Pero él jamás leyó ninguna. Se las devolvió todas.

Cameron la miró con ojos entornados. ¿Sería eso posible?

—Creo que esas cartas harán que cambies de opinión sobre tu madre.

—¿Por qué te importa que cambie de opinión? Eso no ayudará a tu causa –replicó él.

—Mi causa no tiene nada que ver con Christine McGrath –dijo ella sacudiendo la cabeza–. Katie era la madre de la chica que quiero, y también fue la idiota que nunca hizo el testamento por si acaso algo le ocurría. Pero tía Chris tenía un corazón de oro, y hace años alguien se lo rompió en mil pedazos –le apuntó con un dedo–. Merece que sus hijos la recuerden. Y que la quieran por el sacrificio que hizo. De ningún modo se merece tu odio.

Él se quedó mirándola, asimilando sus palabras. ¿Corazón roto? ¿Sacrificio?

Agarró el bolso de su regazo y lo dejó en el suelo.

—Dejemos a mi madre fuera de esto. Me ocuparé de los asuntos legales de la hija de tu amiga por la mañana.

Vio que los hombros de Jo se hundían un poco, como si fuera un globo desinflándose.

—Muy bien –dijo ella, mirando a su alrededor–. ¿Dónde está esa habitación libre?

Él señaló un pasillo.

—La última puerta a la derecha. Tiene un cuarto de baño incorporado –miró el bolso como si contuviera una bomba–. ¿No quieres el bolso? ¿No necesitas algo para dormir?

Ella miró el bolso por un momento. Se agachó para recogerlo, lo abrió y sacó una bolsa de aseo.

—Necesito mi cepillo de dientes –metió la otra mano y sacó algo de color blanco–. Y ropa interior limpia.

Se giró sobre sus talones y se dirigió hacia el pasillo.

—Duermo desnuda. Todo lo demás es para ti.

Él la observó hasta que desapareció por la puerta. Entonces echó la cabeza hacia atrás y soltó un gemido. ¿Por qué su padre les había mentido?

Después de pasar un minuto contemplando el bolso, e imaginando su contenido, no pudo aguantar más. Tenía que leer aquellas cartas y saber la verdad.

O al menos la versión de otra persona de la verdad.

Lentamente agarró el bolso y sacó un montón de hojas plegadas y sujetas con una goma. Con mucho cuidado, extrajo una hoja del medio y la desplegó.

Querido James,
Tu hija ha cumplido cuatro años.

Volvió a doblar la hoja.
No quería saber nada de aquello. No quería pensar en la posibilidad de que su padre les hubiera mentido. Preferiría pensar en la mujer que dormía desnuda y que ahora seguramente estaría desnudándose en el dormitorio de invitados. Sin embargo, sacó otra carta al azar y empezó a leer por la mitad.

Me muero por tener noticias, una palabra, una foto…Cualquier cosa de mis hijos. ¿Colin monta en bici? ¿Quinn sigue escalando árboles? ¿Cam está jugando al béisbol este año?

A Cameron le dio un vuelco el corazón.
Dios… Aquello lo cambiaba todo.

Capítulo Cuatro

Las sábanas debían de haber costado quinientos dólares. Y en una habitación de invitados, nada menos. Jo deslizó sus piernas desnudas sobre el frío algodón y golpeó otra vez la almohada. Cameron McGrath tenía los medios para cuidar de Callie, desde luego, aunque no tuviera la motivación.

Alargó un brazo hacia la mesita de noche y agarró el reloj, colocándolo de tal modo que recibiera la luz de luna que se filtraba por las persianas.

Las diez y media, según el horario de California, que ella había rehusado cambiar. No era extraño que no tuviese sueño. Había planificado aquel viaje de modo que pudiera dormir en el avión. Pero en vez de estar volando a treinta mil pies de altura sobre el Medio Oeste, estaba en un apartamento del Upper East Side valorado en un millón de dólares, deslizándose entre unas sábanas dignas del palacio de Buckingham.

Entonces oyó un ruido y esperó con la respiración contenida. Pasos en el pasillo. Cameron seguía levantado. Al oír los golpes en la puerta aferró la manta con fuerza. ¿Acaso no la había creído cuando le dijo que dormía desnuda?

–Jo, ¿estás despierta?

–Un momento –agarró la camisa que había dejado doblada en la mesilla y se la puso, antes de cubrirse con la manta–. Pasa. ¿Qué ocurre?

–Me vendría bien un poco de compañía –dijo él, con una voz profunda que le traspasó el corazón Jo.

—Mientras permanezcas sobre la manta y sin moverte de tu lado –respondió ella, palmeando el colchón.

Él cerró la puerta y avanzó por la habitación a oscuras. Ella lo sintió aproximándose a la cama. Su olor, su calor… El colchón se hundió bajo su peso, pero Cameron permaneció en su lado.

—Las he leído –dijo simplemente.
—Estupendo.
—Mañana tendré que contárselo a mis hermanos.

Jo tuvo que refrenar su ansiedad. ¿Serían capaces de impedir la adopción?

—Por supuesto.

Durante largo rato ninguno de los dos dijo nada. Los ojos de Jo se adaptaron a la oscuridad y pudo distinguir su silueta apoyada contra el cabecero, con un codo apoyado en la pierna doblada y una mano en el cuello.

—¿Quieres hablar de ella ahora? –le preguntó finalmente, poniéndose de costado para mirarlo en las sombras.

Él dejó escapar una larga exhalación.

—Creo que sé lo suficiente.

Seguramente era cierto, pensó ella. Tía Chris nunca había dejado de escribirle a su ex marido. Al principio, varias veces al año. Luego, en los cumpleaños… y sus aniversarios. Nunca había fallado.

—¿Cómo conseguiste esas cartas? –le preguntó él.
—Después del terremoto, mi madre fue al complejo residencial que se había derrumbado, y le suplicó a la empresa de demolición que nos permitiera buscar en los objetos personales que se habían recuperado. Muchas familias lo hicieron, pero para nosotras era difícil ya que no éramos realmente familia. En cualquier caso, mi madre conocía el se-

creto de tía Chris. Yo no. No me imaginaba por qué estaba tan empeñada en rebuscar entre los restos.

Se detuvo por un momento, recordando el día en que habían ido a las ruinas, el dolor al recuperar los fragmentos de unas vidas perdidas para siempre.

–Mi madre sabía que tía Christie tenía una caja fuerte donde guardaba las cartas. La encontró. Yo ni siquiera me di cuenta, pues encontré otra cosa –tragó saliva al recordar el momento en que vio el sombrero de Katie atrapado bajo una estantería–. No me reveló su descubrimiento hasta hace unas pocas semanas, cuando parecía que la adopción no presentaría problemas. Entonces me lo contó todo y me puse a buscarte.

–¿Lo sabía Katie?

–¿Sobre tu familia y tú? No. Pero lo triste es que tía Chris estuvo a punto de contárselo –cerró los ojos, recordando cómo había llorado su madre cuando le contó a ella la historia–. En marzo, justo antes del terremoto, tía Chris volvió al este. Dijo que iba a ver a unos amigos, pero mi madre me dijo que iba al funeral de su madre.

–La vi allí.

Jo sintió un escalofrío en la columna.

–¿Qué?

–Fue una ceremonia privada. Sólo estuvimos mis hermanos, Nicole, la esposa de Quinn, y Grace, la novia de Colin. Fue en Newport, Rhode Island. Junto a la puerta vi a una mujer observándonos. Tuve una extraña sensación... Pensé que tal vez fuera ella. Era una ceremonia para enterrar las cenizas de mi abuela, pero como iban a construir un edificio nuevo encima, la fecha fue publicada. A mi madre no debió de resultarle difícil enterarse.

–Cuando volvió, le dijo a mi madre que había decidido contarle a Katie toda la historia. Nunca dijo por qué había cambiado de opinión.

Cameron soltó un gruñido.

–Qué caos... Qué maldito caos provocaron dos personas.

–El terremoto se produjo menos de una semana después, a las seis y veinte de la mañana, mientras estaban durmiendo.

–¿En serio? ¿Estaban durmiendo? ¿Cómo sobrevivió Callie, entonces?

–Milagrosamente, la cuna quedó en una bolsa de aire, y los bomberos y los perros estuvieron buscando durante veinticuatro horas hasta encontrarla.

–Oh, Dios... –la voz se le quebró por la emoción–. Ella era la... La vi en las noticias. El bebé que un bombero llevaba en brazos. Lo recuerdo perfectamente.

–¿Y no te llamó la atención que tuviera tu mismo apellido? –le preguntó ella. Deseaba poder verlo en la oscuridad y ver su expresión, leer los pensamientos que no compartía.

–McGrath es un apellido muy común. Aunque sí recuerdo haber pensado...

–¿Qué pensaste?

–Que era un milagro. Cómo aquel bebé había sobrevivido por alguna razón.

Jo no pudo impedir que se le escapara un gemido ahogado.

–¿Qué? –preguntó él, mirándola–. ¿Qué pasa?

–Yo pensé lo mismo que tú –bajó la voz, casi asustada de compartir su revelación con él–. Que Callie tiene un destino especial, y que si acaba en un hogar adoptivo o en un orfanato, nunca lo sabrá.

Él se tumbó en la cama, más cerca de ella.

–Realmente la quieres –dijo. Su mano encontró la suya y la agarró.

–Sí, la quiero. La he querido desde que nació. La quiero y haré lo que sea para protegerla.

Cameron le apretó la mano y entrelazó los dedos con los suyos.

–No podría querer más para ella.

Un inmenso alivio invadió a Jo, como una ducha de agua caliente.

–Gracias –se llevó las manos entrelazadas junto al corazón–. Gracias, Cam.

Él se giró de costado y le apartó el pelo de la mejilla.

–Duérmete. Mañana tenemos un día muy ajetreado.

–De acuerdo. Buenas noches.

Cameron se inclinó y la besó en la mejilla que acababa de acariciar. Su aliento era cálido, y sus labios extremadamente suaves. Cuando levantó la cabeza, ella giró el rostro, de modo que sus labios quedaron alineados. Sin decir palabra, él tomó posesión de su boca con un beso profundo y apasionado.

Un fuego instantáneo se propagó por el interior de Jo al recibir su lengua. Sería tan fácil... Bastaría tirar de la manta y podría sentirlo contra su cuerpo desnudo. Sintió un hormigueo en los pechos al imaginarse aquellas manos en sus pezones.

Apenas lo conocía. ¿Y no era aquélla la clase de comportamiento arriesgado e imprudente por la que siempre había reprendido a Katie?

Él intensificó aún más el beso y ella respondió pasándole las manos por los brazos. Sus músculos eran sólidos y bien definidos, inflexibles a la presión de sus dedos.

El obstáculo de la manta estaba a punto de caer.

–Espera –dijo suavemente.

–Espero. Está bien –accedió él, aunque sin mucho entusiasmo–. ¿Para qué?

Ella sonrió y se apartó un poco.

–Oh, no lo sé. Hasta que nos conozcamos mutuamente y hayamos sorteado este jaleo legal que se interpone entre nosotros.

Él cubrió el espacio que los separaba, pero sin presionarse contra ella.

—Lo único que se interpone entre nosotros es una manta —dijo con voz áspera—. Y puedo sortearla en un segundo.

Jo sintió que la mitad inferior de su cuerpo empezaba a derretirse y tuvo que reprimir la necesidad de frotarse contra él.

—Por mucho que me guste, no está bien. Y te dije que siempre hago lo correcto.

—¿Quién es el abogado aquí?

Aquello la hizo reír, y él aprovechó para tirar de ella y apretarla contra su cuerpo. La risa dio paso a un gemido cuando Jo sintió la dureza masculina y recibió otro beso.

—Pues aquí está mi argumento definitivo, cariño —le susurró las palabras al oído, erizándole los pelos de la nuca—. Me encantaría hacer el amor contigo, Jo Ellen Tremaine.

—Tú no quieres hacer el amor, Cam —le dijo—. Lo que buscas es consuelo.

—Un abogado y una psiquiatra, vaya...

Ella sonrió y le acarició la mandíbula.

—Pero no una mecánica.

Él se rió y la besó en la frente.

—De acuerdo. Tienes razón.

—Sobre el consuelo.

—Sí —admitió él, y empezó a separarse.

Por alguna razón, a Jo no le gustó que se fuera.

—Si quieres, y puedes controlarte —le puso una mano en el brazo—, puedes quedarte y dormir a mi lado. Sobre la manta, porque no llevo mucho debajo.

Él dejó escapar un débil gruñido.

—Nunca he tenido problemas para controlarme.

Pero no te prometo que no tenga sueños eróticos de vaqueras desnudas arreglando mi... motor.

–¿Es que no me escuchas? No arreglo motores.

–No podía usar otra palabra. Sería demasiado grosero.

Ella soltó una suave carcajada.

–¿Y qué te hace pensar que soy una vaquera? ¿Sólo porque llevo botas y sombrero? Todo el mundo viste así donde yo vivo –normalmente ella no vestía así, pero no había razón para revelar por qué se había puesto el sombrero.

–No, no son las botas ni el sombrero –dijo él mientras le deslizaba lentamente la mano por el cuello, deteniéndose en el corchete de la camisa–. Son estos corchetes de rodeo los que te delataron.

Que el Cielo la ayudara, pensó Jo, porque sabía exactamente lo que pasaría a continuación.

Cameron sintió cómo a Jo se le tensaba todo el cuerpo esperando su tacto. Aspiró hondo, inhalando la fragancia cálida y femenina que impregnaba la cama.

Le agarró el corchete y levantó la camisa, pero volvió a dejarla caer sobre la piel sin desabrocharla.

–Quienquiera que te haya llamado marimacho es ciego y estúpido.

–No era estúpida. Simplemente, no siempre usaba su cerebro.

Él no quería hablar más de Katie. Ni tampoco quería hablar ni pensar en su madre aquella noche. Tal vez Jo tuviera razón. Tan vez estaba buscando consuelo. Y por muy fantástico que fuera hacer el amor con ella, no era el modo correcto de hacer las cosas.

Dejó los dedos quietos y apoyó la mano en su esternón. Bajo la palma, su corazón retumbaba como el suyo, y su sangre manaba a borbotones como la suya. Y sabía que si exploraba un poco más, descubriría que su cuerpo estaba tan excitado como el suyo.

Pero ella no había viajado seis mil kilómetros para tener una aventura. Había asumido un enorme riesgo para «hacer lo correcto».

–Duérmete, cariño.
–No puedo.
–¿Te molesto?

Casi pudo sentir su sonrisa en la oscuridad.

–Es un modo de decirlo.

Subió la mano hasta un lugar más seguro y le acarició la delicada curva de la mandíbula. Le gustaba tenerla así, incluso con la manta entre ellos.

–Intenta dormir, Jo.

Apenas se movieron durante las siguientes horas. Cameron se preparó para enfrentarse a las imágenes que lo asaltaban en sueños. Imágenes de una mujer morena de risa dulce, arrodillada en un jardín.

Pero en vez de eso soñó con una chica. Una hermosa chica de pelo largo y rojizo, risueña, arrodillada frente a él. Sus manos eran absorbentes. Su boca, complaciente. Sus talentos, indescriptibles.

El doloroso tirón de una erección lo despertó con un sobresalto. Y lo primero que vio fue una melena pelirroja desparramada sobre la almohada y el dulce rostro de Jo Ellen en reposo, iluminado por los rayos dorados del amanecer que se filtraban por las persianas.

Se apoyó sobre un codo y la observó con deleite. Unas pestañas largas y tupidas barrían la piel suave bajo sus ojos. Su nariz era ligeramente respingona. Y su boca… Qué boca. Amplia y simétrica, con un gesto provocador en el labio inferior. Cameron se estremeció al recordar el sabor de aquel labio y lo que le había hecho en sueños.

La manta se había desplazado hacia abajo, revelando la camisa de algodón. El corchete seguía abrochado, pero el tejido dejaba ver la superficie inferior de un pecho pequeño y delicado. La necesidad de tocarlo lo dejó con la boca seca.

¿Por qué aquella mujer lo afectaba tanto? Él no era ningún monje. No hacía ni tres semanas que había estado con Amanda, y siempre había podido controlar sus impulsos sexuales, así como cualquier otro aspecto de su vida. Pero esa mujer. Esa Jo…

La vio moverse y esperó a que aquellos enigmáticos ojos se abrieran. Que le dieran permiso para tocarla. Para besarla. Para saborearla.

El pulso se le aceleró, endureciéndolo más a cada segundo. Ella se giró un poco hacia él, revelando más porción de su pecho por la abertura de la camisa.

Puso los dedos en el corchete de la blusa.

Se abrió sin apenas esfuerzo. Ella no se movió. Lenta y reverentemente, incapaz de detenerse, le acarició la piel cremosa entre los pechos.

Ella se estremeció, y entonces él inclinó la cabeza y la besó en la boca. El deseo y la necesidad le hicieron un nudo en el pecho. Ella volvió a moverse, ofreciéndole el pecho desnudo, permitiendo que su palma le cubriera el pezón sedoso. Abrió la boca y le buscó la lengua con la suya.

Estaba definitivamente despierta. Y definitivamente le daba permiso para actuar.

Él tiró de la manta, ansioso por apartar cualquier cosa que se interpusiera entre ellos. Sábanas, ropas… Un destello de razón interrumpió sus pensamientos eróticos, pero cuando ella levantó una pierna larga y desnuda y le rodeó la suya, todo el razonamiento se evaporó.

–He soñado contigo –le susurró contra sus labios–. Llevo deseándote toda la noche.

Ella respondió deslizándole la mano bajo la camiseta y tocándole la piel del estómago y los pezones con sus dedos cálidos y habilidosos.

Mientras sus manos le abrasaban la piel, lo mordió ligeramente en la barbilla.

–No podía dormir –susurró–. Y he tenido mis propios pensamientos eróticos.

Aquella revelación casi acabó con él, que se apretó todo lo que pudo contra ella.

–Cuéntamelos.

–No. Cuéntamelos tú –dijo ella con voz ronca y dulce al mismo tiempo–. Un buen psiquiatra siempre analiza los sueños.

Él sonrió.

–Estabas de rodillas.

–Así suelo trabajar –dijo ella riendo.

Su mano se movió por el pecho de Cameron, hacia el vientre, y sus dedos se deslizaron en el interior del pantalón del pijama. Él levantó el cuerpo para facilitarle el acceso, y cuando lo hizo, sus miradas se encontraron.

Sonrió al ver su expresión somnolienta, pero sexy.

–Eres preciosa, ¿lo sabías?

Ella lo sorprendió al negar con la cabeza.

–Te mueres por tener sexo. Dirías cualquier cosa en estos momentos.

–No –se separó un poco de ella–. Eso no es verdad.

–¿No te mueres por tener sexo?

–Estoy… interesado, sí.

Ella respondió con un suave suspiro. Una mezcla de resignación y excitación brilló en sus ojos.

–Yo también.

Sus dedos casi le rozaron la punta del sexo. El fuego se propagó por su ingle y cerró con fuerza los ojos para no empujar.

–Estupendo –consiguió decir–. Pero, ¿estás intentando decirme que no sabes que eres preciosa?

Ella no respondió. Tenía los dedos suspendidos a escasos centímetros de su miembro.

Lentamente, Cameron la agarró por la muñeca, le retiró la mano y se colocó sobre ella. Era una postura peligrosa, con la erección latiendo cerca de la entrepierna de Jo, y con la única separación de la manta. Pero al menos tenía más control sobre sí mismo que cuando ella tenía la mano en sus pantalones.

–Escúchame, Jo Ellen.

–Tienes toda mi atención –dijo ella irónicamente.

–Creo que eres una mujer muy hermosa. Toda una mujer –le dio un pequeño empujón para enfatizarlo–. Y si quieres, sólo si quieres, puedo darte toda la satisfacción del mundo. Pero no porque me muera por ello –se inclinó y la besó, mordisqueándole su fantástico labio inferior–. Ni tampoco porque necesite consuelo –volvió a deslizarle una mano sobre el pecho, tocándole el pezón con el pulgar–. Ni porque tengas que agradecerme nada.

De repente los ojos de Jo llamearon y se apartó bruscamente.

–Me tenías hasta eso último que has dicho.

Cameron se quedó absolutamente perplejo y buscó alguna explicación en su rostro. ¿Estaba furiosa? ¿Ofendida?

–¿Qué quieres decir?

Ella se alejó él y se cubrió con la manta.

–No voy a acostarme contigo para conseguir que firmes el documento.

–Lo sé –insistió él–. Sólo… sólo quiero que sepas que mis motivos eran… –por Dios, parecía un adolescente suplicando sexo.

Se levantó de la cama de un salto.

–Tienes razón. Todo esto... –hizo un gesto indicándose a ambos– es demasiado complicado.

Ella se removió y mantuvo la manta sobre el pecho.

–¿Y tú no te complicas la vida, ¿verdad, Cameron?

–Hazme un favor, Jo. Ahórrate la psicología y limítate a arreglar coches abollados.

Nada más decirlo, se arrepintió. El rubor de placer desapareció de las mejillas de Jo, dejándola tan blanca como el alabastro.

–Lo siento –se disculpó rápidamente, y sacudió la cabeza como si pudiera borrar las palabras–. No pretendía ser tan grosero.

–No tienes por qué disculparte –le aseguró ella, con una voz tan inexpresiva como su mirada–. Yo estaba pensando lo mismo anoche. ¿Puedo ducharme?

Y lavarse los restos de él, pensó Cameron que podría haber añadido. Se tragó una maldición y asintió hacia el cuarto de baño.

–Estás en tu casa. Tengo que hacer unas cuantas llamadas. Después nos iremos.

Se giró y salió al pasillo sin cerrar la puerta. En el salón, vio el montón de cartas, el bolso abierto de Jo, sus botas y su sombrero de vaquera.

Agarró el sombrero y pasó el dedo por la cinta interior de satén. Tocó los bultos de un monograma y le dio la vuelta al sombrero para leer las letras doradas que estaban cosidas por dentro.

Lady Katie.

Soltó el sombrero como si lo hubiera quemado y corrió a su despacho para llamar a Quinn.

Capítulo Cinco

–¿Que estaba qué?
–Cuando se fue de casa, estaba embarazada –repitió tranquilamente Cameron, imaginando la expresión de incredulidad de Quinn.

Le había contado por teléfono casi toda la historia, después de que Quinn dejara de bromear lo suficiente para tomarlo en serio. Le había descrito la sospechosa llegada de Jo, las cartas y la muerte de su madre y su hermana en el terremoto.

–Por eso se marchó –dijo, pero la historia era mucho más complicada, y a Quinn no iba a gustarle nada oír el resto–. Evidentemente, papá no se creyó que el bebé pudiera ser suyo, ya que se había hecho una vasectomía después de que Colin naciera.

–No me gusta esa Jo, hermano –dijo Quinn despectivamente–. Mándala de vuelta a su tierra. Oye, ya sé que aún faltan unos meses, pero tenemos que hablar de la boda de Colin. ¿Cuándo vas a ir a Newport?

–Escúchame. He leído una veintena de cartas que nuestra madre le escribió a papá. Unas cartas que, evidentemente, él ni siquiera leyó. Quinn, ella no mentía. Lo descubrí a la una de la mañana. Las vasectomías no son infalibles, pero papá no la creyó y la obligó a marcharse.

–Pero, ¿qué estás diciendo, Cam? Era una fulana. Se fue de casa de sus padres a los diecisiete años y abandonó a papá a los treinta y pocos. En cualquier caso, ya está muerta. Lo mismo que su presunta hija –se detuvo para tomar aire–. Nic quiere ir unos cuantos días antes de la boda.

–La presunta hija tuvo un bebé –dijo Cameron tranquilamente, negándose a cambiar de tema–. Tenemos una sobrina que sobrevivió al terremoto y que está viva y esperando ser adoptada.

–Parece un episodio de *Days of Our Lives* –se burló Quinn.

–Esto es serio, Quinn. Papa debió de amenazarla si no abortaba…

Oyó cómo Quinn aspiraba hondo y percibió en su hermano el mismo dolor que él había sentido la noche anterior.

–Papá juró que nunca aceptaría a ese bebé y nos puso en contra de mamá –la palabra «mamá» le resultó muy extraña en sus labios.

–¿Un aborto? –dijo Quinn, sin el menor rastro de burla en su voz–. ¿Has hablado ya con él?

–No. Antes quería hablar contigo y con Colin y darle a Colin la posibilidad de tener esa discusión, puesto que debe hablarse en persona.

–Cielos… –murmuró Quinn–. Qué jaleo.

–No me digas. Jo quiere adoptar a esa niña –siguió Cameron, y miró hacia el pasillo, esperando verla salir del dormitorio de invitados en cualquier momento–. Tengo que firmar unos papeles para renunciar a su custodia. Voy a…

–Espera un segundo… ¿Firmar? ¿Has perdido el juicio? Esa mujer puede ser una estafadora profesional.

–No es una estafadora –aseguró. Cerró los ojos para imaginarse el rostro de Jo antes de besarla. Aquella imagen valía más que la vista de un millón de dólares que ofrecía su apartamento–. Es una especie de… –¿cómo podía describir a una vaquera mecánica?–. Es extraordinaria.

—¿Extraordinaria en la cama?

Cameron dudó más de la cuenta.

—¿Te has acostado con ella? —preguntó Quinn con voz ahogada.

—No —respondió sin poder evitar una sonrisa—. Al menos, aún no.

Quinn soltó un resoplido.

—Piensa con la cabeza, Cam. Tal vez esa tía Christie fuera nuestra madre, pero no tienes ninguna prueba de que su hija fuera hija de papá. Ahora esta loca se presenta y te pide que le firmes unos papeles. Lo siguiente que quiera será tu dinero.

—He visto fotos de... Katie. Es tan parecida a Colin que podían ser gemelos. O incluso gemela tuya. Y he visto la prueba —añadió, pensando en la escritura ladeada de su madre—. Confía en mí y en mi instinto de abogado, ¿quieres? Todo esto es verdad.

Quinn era un hombre que se dejaba guiar por el instinto, y lo confirmó la maldición que masculló a los pocos segundos.

—¿Has hablado con Colin? —preguntó finalmente.

—Todavía no. Ya sabes lo sensible que es, y ahora está muy feliz. Pensé que debía contártelo a ti antes.

—Eh, yo también soy feliz —replicó Quinn—. Y eso no te ha impedido jorobarme el día.

Cameron se echó a reír.

—Escucha. Jo no es una estafadora. Seguro que será una...

—Espera, Cam —lo interrumpió Quinn. Hizo una pausa y suspiró—. Quizá esa niña pertenezca a nuestra familia.

Aquel cambio tan radical, expresado con tanta convicción, dejó a Cameron de piedra.

—Bueno, podría ser así, pero yo no quiero tener una hija, ni tú tampoco.

–¿Cómo que no?

–¿Qué? –preguntó Cameron, más sorprendido aún–. ¿Nic está embarazada?

–Si no lo está, soy yo quien la hace vomitar todas las mañanas –dijo Quinn riendo–. Siempre hay una posibilidad.

Un torbellino de reacciones diversas invadió a Cameron, que trató de quedarse con la más cómoda.

–Estupendas noticias. Enhorabuena, hermano.

–Gracias. Estamos muy emocionados. Íbamos a anunciarlo en la boda de Colin. Por entonces Nic estará de tres meses.

–¿Va todo bien? ¿Cómo está Nic?

–Oh, muy bien. Sólo cansada y hambrienta. Y guapísima.

Cameron sonrió.

–Es genial, hermano. En serio. Y no te preocupes, que no le diré nada a Colin cuando lo llame.

–¿Vas a meterlo en esto?

–No puedo firmar ese documento sin hablar antes con vosotros y con papá. También vosotros tendríais derecho a adoptarla, aunque tú ya tengas las manos llenas y Jo quiera a esa niña como a una hija.

–Por mucho que la quiera, no es su familia –objetó Quinn, volviendo a ponerse serio.

–¿Adónde quieres llegar, Quinn?

–Tal vez le debamos a esa niña una familia, un apellido, un hogar.

Un escalofrío recorrió a Cameron. Él había pensado lo mismo la noche anterior, leyendo las cartas que le hablaban de una chica llamada Katie con bastante personalidad. Había sentido un orgullo fraternal, pero no había podido expresarlo como acababa de hacer Quinn.

–Está en California, Quinn. Y la cuida alguien que la quiere. No tenemos ningún derecho a…

–Tenemos todo el derecho del mundo a averiguar si realmente es pariente nuestra, y si lo es, a saber en qué clase de hogar vivirá.

Cameron oyó un ruido tras él y se giró en la silla de ruedas para ver a Jo en la puerta del despacho, cruzada de brazos y con el pelo húmedo mojándole la camisa. ¿Cuánto tiempo habría estado escuchando?

–Tienes que confiar en mí, Quinn –dijo, mirándola a los ojos mientras ella entraba en el despacho y se sentaba en el sillón frente al escritorio.

–Confío en ti. Eres el tipo más inteligente que conozco. Después de mí.

–Pues entonces cállate y déjame hacer lo correcto.

–De acuerdo, pero asegúrate de que sabes lo que es correcto, Cam –insistió Quinn–. ¿Es esta Jo la mejor persona para educar a alguien de nuestra familia? ¿Será una buena madre? ¿Su vida es estable? ¿Toma drogas? ¿Es legal?

Cameron se dio cuenta, alarmado, de que no sabía mucho sobre «esta Jo».

–Es legal –respondió–. Tiene su propio negocio –vio cómo Jo se mordía el labio inferior y le clavaba la mirada.

–Escucha –dijo Quinn en voz baja–. Sólo porque no quieras una hija no significa que Nic y yo no podamos tener otra. O Colin y Grace. ¿Quién sabe? Si esta historia es cierta, tenemos una responsabilidad.

–La historia es cierta.

–Entonces... ya sabes lo que Gram McGrath decía siempre sobre ti.

Cameron sintió un tirón en el pecho mientras miraba a Jo. Demonios. Tal vez no quisiera «sanar la herida». Porque si no firmaba el documento, le rompería el corazón a Jo.

–Sí, lo sé.

–Ella nunca se equivocaba, hermano –dijo Quinn, riendo–. Así que, ¿quién va a ir a California a comprobar la historia de Jo? ¿Tú o yo?

Cameron le mantuvo la mirada a Jo, mientras ella jugueteaba con un mechón mojado sin dejar de observarlo. A la luz de la mañana parecía tan atractiva como por la noche. Si alguien iba a investigarla, era él.

–Estoy en ello, hermano –le dijo a Quinn.

–Bien, pero no estés en «ella» hasta que sepas con lo que estás jugando.

Cameron no pudo prometerle eso.

Cuando Cameron colgó el teléfono, Jo sabía que todo se estaba derrumbando ante sus propios ojos.

–Tu hermano quiere al bebé –afirmó simplemente, recostándose en el asiento.

–No, no es eso lo que ha dicho –negó Cameron.

–Quiere que tú te hagas cargo de la niña.

–No, tampoco hemos decidido eso.

–¿Y? ¿Qué han decidido los señores del universo?

Él levantó una mano, como si quisiera detener el comentario sarcástico.

–No hemos decidido nada.

–A mí me ha parecido que algo se estaba decidiendo.

–¿No te enseñó tu madre a no escuchar las conversaciones ajenas?

Ella le dedicó una sonrisa forzada.

–Mi madre me enseñó a luchar por lo que considere correcto. Me da igual lo que estéis tramando. Si no firmas este documento… –sacó la hoja plegada del bolsillo–, nos veremos las caras ante un jurado. Y ganaré.

–No quiero llegar a ese extremo, Jo.
Ella arrojó el documento sobre el escritorio.
–Pues firma.
–No se trata sólo de mí. Tengo dos hermanos.
–Y al menos uno de ellos va a tener su propio hijo –replicó ella–. Lo he oído. Y el otro está a punto de casarse. Y tú... –hizo un gesto barriendo el resto del apartamento–, vives como el soltero millonario que no tiene sitio en su vida para un bebé –se inclinó hacia delante, intentando contener su temperamento–. Permíteme tener lo que Katie me dejó.

Él la miró fijamente con sus intensos ojos azules.
–Técnicamente, ella no te dejó esa niña.
–Y, técnicamente, tampoco te la dejó a ti –respondió ella. Se levantó y señaló el documento–. ¿Vas a firmar o no?

Él negó lentamente con la cabeza.
–Aún no.

Sin decir palabra, Jo se giró sobre sus talones y se dirigió hacia el salón. Su trabajo allí había terminado. La misión había fracasado.

Encontraría otro modo.

Recogió las cartas y fotos de la mesa y las metió en el bolso con manos temblorosas. Se colgó el bolso al hombro y se puso el sombrero.

Cuando iba a abrir la puerta, él la agarró por el codo y la detuvo.
–Voy contigo.
–No.
–Quiero ver tu casa. Y tu negocio. Quiero conocer a mi sobrina y ver dónde... dónde vivía mi madre.

Aquello tocó la fibra sensible de Jo, quien había tenido una debilidad especial por tía Chris. Ésta la había amado tanto como a su propia hija, y a veces incluso más, cuando Katie era particularmente cabezota e inmadura.

Pero Cameron no quería ir a California por eso. Quería ir para quitarle al bebé. Todo lo que necesitaba hacer era enamorar a las mujeres de Child Services y Callie sería suya.

El estómago se le revolvió al pensar en eso.

Él alargó un brazo para tocarle el rostro, pero ella apartó la cabeza.

—No —espetó, pensando en la conversación que acababa de oír.

«No... Al menos, aún no».

¿Sería el sexo una condición para firmar? Dios, esperaba que no. Quería tenerle más respeto a Cameron. Quería creer que se había sentido atraída por alguien mejor. Porque ciertamente se había sentido atraída. ¿Atraída? Había estado dispuesta a hacer lo que fuera con él...

Entornó la mirada y bajó la voz.

—¿Habrías firmado el documento si me hubiera acostado contigo esta mañana?

—No. Eso no habría cambiado nada.

Jo se subió la correa del bolso y giró el pomo de la puerta con la mano libre.

—Pero nunca lo sabremos, ¿verdad?

Cameron puso una mano en la puerta antes de que ella pudiera abrirla.

—No te irás con esa idea en la cabeza.

—¿Vas a seguir dándome órdenes? —replicó ella—. No puedes mantenerme aquí. No puedes decirme lo que tengo que pensar. Y no puedes venir conmigo. Dios, eres igual que Katie. Egoísta y manipulador hasta la médula.

—Para ser alguien que está decidida a cuidar de su hija, pareces encontrarle muchos defectos a Katie. ¿La querías o la odiabas?

La sangre le hirvió en las venas a Jo.

—Ahórrate la psicología —espetó, repitiendo sus palabras—. Dedícate a la ley, abogado.

Él le quitó lentamente el sombrero y le dio la vuelta para revelar la cinta interior.

–Éste era el sombrero de Katie, ¿verdad?

–Sí.

–¿Por qué lo llevas tú?

El rencor se fundió con la pena. Cameron jamás entendería cómo se le había roto el corazón cuando recuperó el sombrero de Katie de los escombros. O por qué lo había agarrado por impulso cuando salía hacia el aeropuerto, sólo para llevar consigo un trozo de la intrépida Katie.

–Pensé que me traería buena suerte –puso una mueca–. Obviamente, me equivoqué.

Él sacudió la cabeza y miró el sombrero.

–No comprendo tus motivos.

Ella le arrebató el sombrero de la mano.

–Deja de comportarte como un abogado. Mis motivos no son tan difíciles de entender. Hay una niña pequeña en California que no tiene madre. Yo la quiero. Me aseguré de que su madre estuviera bien durante nueve meses. Estuve en la habitación en la que nació. He sacrificado más por ella de lo que hubiera sacrificado por mi propia hija. No es ningún crimen querer educarla. No la estoy secuestrando.

–Pero estás empleando todos los trucos que conoces para conseguir mi firma.

Jo desvió la mirada hacia el dormitorio.

–No todos.

–Eso no habría supuesto ninguna diferencia –dijo él tranquilamente–. Ni siquiera entonces habría firmado.

–¿Sabes lo fácil que hubiera sido para mí no haber venido a Nueva York, de modo que nadie se enterase de nada? Callie nunca habría sabido la verdad. Vine porque era lo correcto.

–Ya lo sé –dijo él, apartando la mano de la puerta–. Y lo respeto.

Aquello le dio a Jo algo de satisfacción.

—Tengo que irme a casa. Callie me necesita.

—Bajaré contigo para buscar un taxi.

—Puedo arreglármelas sola.

Él se echó a reír.

—Dudo que haya algo en la que no puedas arreglártelas, Jo Ellen. Pero permíteme que sea un caballero.

—¿Quieres ser un caballero? —preguntó ella, poniéndole un dedo en el pecho—. Entonces firma los papeles y déjame criar a esa niña sin una sombra cerniéndose sobre su vida.

—No puedo. Aún no.

Jo suspiró, cansada de tanto luchar, y abrió la puerta.

—Informaré a la gente de Child Services sobre ti la próxima semana —dijo, sin tener ni idea de lo que pasaría después—. Estoy segura de que se pondrán en contacto contigo.

Salió del apartamento, pero él volvió a agarrarla con firmeza.

—No te vayas así. Dame tiempo para pensar en lo mejor que se puede hacer, y para hablar con mis hermanos. Necesitamos ordenar los hechos y decidir qué hacer.

Ella sabía muy bien lo que harían. Los tres irían a Sierra Springs para rescatar a su sobrina. Se regodearían de tener unos sólidos valores familiares y se darían palmadas en la espalda por ser tan nobles.

¿Cómo podía ella luchar contra eso?

—Te veré en el juicio.

—Si no antes.

Jo ignoró la sutil amenaza y fue hacia el ascensor. Gracias a Dios, él no la siguió.

Capítulo Seis

Cuando Jo se puso las gafas protectoras, Callie la obsequió con una risita encantadora.

–Te gustan mis gafas, ¿verdad, cosita?

Callie alargó una mano regordeta hacia la cara de Jo y emitió un alegre gorgorito. Los libros de desarrollo infantil seguramente considerarían aquel sonido como una fase incipiente del habla o cualquier otra tontería por el estilo, pero Jo sabía lo que era. Sonidos de bebé. Nada más.

Sin embargo, los libros decían que había que incitar al habla, así que se ajustó las gafas con un gesto exagerado.

–Ga-fas –dijo lentamente–. Protegen mis ojos cuando estoy lijando, que es lo que voy a hacer ahora.

Tomó un libro de vinilo de una estantería y se lo tendió con una sonrisa a Callie, que estaba en su parque.

–Lee un ratito, cariño. Estaré al otro lado de la pared de cristal, lijando el Toyota. Podrás verme y yo podré verte a ti.

Callie frunció el ceño y empezó a morder el lomo del libro.

–O puedes comértelo, si eso te resulta más divertido.

Se inclinó y la besó en la cabeza, esperando poder acabar el trabajo lo antes posible. Hacía un día espléndido de junio y deseaba salir a pasear con el carrito de Callie, aspirando la fragancia de las colinas e imaginando respuestas para sus vidas.

–Te prometo que saldremos en cuanto acabe la chapa –le dijo a Callie, sin molestarse en aburrir a la niña con sus problemas de tiempo. El viaje a Nueva York la obligaba a trabajar en domingo, pues debía tener listo el Toyota para la mañana siguiente.

Siguiendo un impulso, abrió la puerta trasera, que daba al aparcamiento, para ofrecerle a Callie una vista de las montañas y permitir que entrara aire fresco en la oficina.

–Sólo media hora, angelito mío –prometió.

Dio gracias en silencio por la brillante idea que Katie y ella habían tenido para rediseñar las áreas de trabajo de modo que Callie pudiera estar vigilada. La oficina acristalada aseguraba que Callie permaneciera protegida del humo y el polvo del taller.

Se puso unas rodilleras, una máscara y unos guantes, y le hizo un gesto a Callie, que se había posicionado para ver a Jo de cerca. Desde el terremoto, Callie no soportaba que la dejara sola, y miraba a través de la pared de cristal como un pajarito abandonado en el nido. Pobrecita.

Volvió a saludarla con la mano y se arrodilló frente a la camioneta para evaluar los daños. Podría terminar en una hora, como máximo. Entonces nada le impediría dedicarse por entero a Callie.

Metió la cabeza por debajo para echarle un vistazo a la suspensión y eligió un martillo mediano. Al instante sintió una vibración familiar danzándole por el brazo.

Era agradable volver a tener una herramienta en la mano. Algo que pudiera manejar y controlar. A diferencia de la debacle de Nueva York, donde no había podido manejar nada y ni siquiera había tenido control sobre su propio cuerpo.

Cerró los ojos, intentando borrar el recuerdo de la boca de Cameron McGrath sobre la suya, de su mano tocándole el pecho. Teniendo en cuenta todas las cosas que la habían distraído en los últimos días y los problemas que tendría que afrontar en las próximas semanas, el recuerdo de su breve aventura debería ser lo último que ocupara sus pensamientos.

Pero, demonios, prácticamente había sido lo único que ocupaba sus pensamientos desde que se subió al avión el viernes por la mañana y dejó atrás los rascacielos de Nueva York.

Y luego decían que a los hombres los controlaban sus hormonas. Evidentemente, no eran los únicos.

Dio un fuerte martillazo e invirtió la abolladura por completo. Tenía que olvidarse de las hormonas y de la atracción sexual y concentrarse en la tarea que tenía entre manos.

Su reunión con Child Services estaba prevista para el viernes, y eso le daba menos de una semana para idear un plan, algo que pudiera cambiar sus nada favorables perspectivas.

Una vez que Mary Beth Borrell se enterara de que Callie tenía parientes vivos, iniciaría los trámites para contactar con los McGrath, con todos ellos, y les pediría su consentimiento para que Jo adoptara a Callie o para que la adoptaran ellos mismos.

Golpeó el panel con tres fuertes martillazos para sofocar la pena que acompañaba la idea de perder a Callie. Al salir de debajo del vehículo para ver la abolladura por fuera, captó un movimiento en la oficina con el rabillo del ojo.

El martillo se le cayó al suelo y la sangre se le subió a la cabeza, dejándola momentáneamente aturdida. Un gemido ahogado se le quedó atascado en la garganta.

No había esperado verlo tan pronto.

Cameron McGrath estaba inclinado sobre el parque de Callie, y decía algo que Jo no pudo oír a través de la pared de cristal. Entonces levantó la cabeza y sus miradas se encontraron, provocándole a Jo una oleada de calor y preocupación por todo el cuerpo.

Sin quitarse la máscara ni los guantes, Jo volvió a la oficina y abrió la puerta con más fuerza de la necesaria.

–¿Qué haces aquí? –espetó, pero la máscara amortiguó la furia de sus palabras.

Cameron se limitó a sonreír.

–Así es como te imaginaba en el trabajo.

A Jo le dio un traicionero vuelco el estómago. ¿Cameron se la había imaginado? Se levantó las gafas y se bajó la máscara mientras se acercaba al parque, y lo miró con lo que esperaba que fuera una severa mirada de advertencia.

–¿Cómo te atreves a entrar aquí?

Él señaló la puerta abierta por encima del hombro.

–La seguridad brilla por su ausencia. Deberías tener más cuidado.

–En Sierra Spring no tenemos una tasa muy alta de secuestros –respondió, compensando la debilidad del argumento con una mirada furiosa por todo su cuerpo.

Llevaba unos vaqueros desgastados y bastante ajustados que pedían a gritos una inspección más exhaustiva, pero Jo se obligó a concentrarse en su rostro.

¿Por qué no podía tener el aspecto del monstruo en que estaba a punto de convertirse? ¿Por qué tenía que presentarse en su taller como un dios de pelo rubio?

Callie perdió el equilibrio y cayó sobre el trasero. Los pañales amortiguaron la caída, pero Cameron no pudo evitar una exclamación y se agachó hacia la niña.

-¿Estás bien, pequeña?

Callie se rió y batió alegremente las palmas, satisfecha con su habilidad para llamarle la atención. Era tan coqueta como su madre… e igual de encantadora.

¿Qué sentido tenía rebelarse contra la llegada de Cameron? Estaba allí y no había más remedio que tratar con él.

-Prepárate, Cam -le dijo Jo mientras se quitaba las gafas-. Estás a punto de enamorarte.

-¡Ja! -espetó él con una sonrisa insolente-. Sería la primera vez.

A Jo volvió a darle un vuelco el estómago.

-¿Ah, sí? -se cruzó de brazos y apoyó la cadera contra la mesa-. Aún no has conocido a Callie McGrath.

Cameron metió el brazo en el parque y le dio un pequeño apretón de manos a la niña.

-Encantado de conocerte, señorita Callie. Soy Cameron, pero puedes llamarme Cam -Callie cerró el puño en torno a sus dedos y él miró a Jo-. Creo que la señorita Jo Ellen Tremaine acaba de decir mi nombre.

-No puedo creer que hayas venido tan pronto -admitió con un suspiro de derrota-. Ni siquiera les he hablado de ti a Child Services. Ni tampoco había preparado el plan de batalla.

Él se echó a reír y se soltó del agarre de Callie, pero permaneciendo a su altura.

-¿Plan de batalla?

-Esto es la guerra. Vas a intentar llevarte a mi bebé y yo voy a luchar para impedírtelo.

Durante un largo rato, Cameron la miró en silencio. Finalmente se irguió en toda su estatura, sorprendiéndola con su imponente físico.

-¿Qué te hace pensar que he venido por eso?

A Jo se le tensó todo el cuerpo de expectación

mientras él rodeaba el parque y se dirigía hacia ella. ¿Expectación? ¿Acaso pensaba que había ido por otra razón que no fuera complicarle la vida?

–Lo supongo.

–Pues te equivocas.

El primer destello de esperanza desde que salió del apartamento de Cameron empezó a arder en su pecho.

–¿En serio? ¿No has venido para llevártela?

–Tuve un par de largas conversaciones con Quinn y Colin.

–¿Y? –preguntó ella, obligándose a respirar.

–Y hemos decidido que debía venir hasta aquí para conocer a Callie, ver tu casa y tu negocio, saber cómo...

–¿Entonces esto es un test? ¿Una entrevista? –no sabía si sentirse ofendida o esperanzada.

–Considéralo sólo una... visita. ¿De acuerdo?

Jo reflexionó en ello unos momentos, alternando la mirada entre Cameron y Callie, que se había colocado en el rincón del parque y seguía fascinada todos los movimientos de Cameron.

–¿Tus hermanos también van a venir de visita? –preguntó finalmente.

–No. Lo hemos echado a suertes –respondió él con un guiño–. Y gané yo.

Jo se sintió abrumada, sin saber cómo asimilar la nueva situación.

–¿Sabes? Una parte de mí quiere echarte a patadas y decirte dónde puedes meterte tu visita.

–¿Y la otra parte?

Ella asintió lentamente y dio un paso hacia él.

–Esa otra parte me dice que debería aprovechar esta oportunidad para demostrarte la clase de hogar que le estoy ofreciendo a Callie.

Él se fijó fugazmente en su boca y luego la miró a los ojos.

–¿Qué parte gana? ¿La parte inteligente, racional y madura o la precavida, protectora y cabezota?

Jo reprimió una sonrisa.

–Las dos pueden ser muy persuasivas.

Una media sonrisa curvó los labios de Cameron, que alargó los brazos y le puso las manos en los hombros, obligándola a mirarlo a la cara.

–Yo también. Sabes que tengo que hacer esto, y la Jo inteligente, racional y madura lo acepta. ¿Verdad?

Ella asintió, volviendo a sentir un estremecimiento de esperanza. ¿Quién era más patético de los dos?

Entonces él se acercó y le dio un beso en la cabeza.

–Buena chica. Me gusta esa parte de ti.

Pero ¿qué pasaba con la otra parte? Esa parte que quería echar la cabeza hacia atrás y ofrecerle la boca para un beso ferviente y apasionado.

Tendría que eliminarla a martillazos.

–Vamos de excursión.

–¿De excursión? –repitió Cameron. Estaba sentado en el suelo de cemento y veía cómo Jo lijaba los bordes de una abolladura con la delicadeza de un escultor puliendo una obra maestra.

Una escultora bastante sexy, por cierto. Llevaba un top de algodón que le llegaba un par de centímetros sobre la cintura, y unos pantalones de trabajo tan bajos que cuando se inclinaba bajo la camioneta a Cameron se le secaba la garganta por lo que podía revelar. Pero todo lo que vio fue un atisbo de algo rojo en lo alto de los glúteos. Algo pequeño. Y permanente.

Un tatuaje.

–Sí, de excursión –dijo ella mirándolo a través

de las gafas protectoras–. Estamos en las montañas.
Y eso es lo que hacemos los domingos por la tarde.
Ir de excursión. O hacer rafting por los rápidos.
¿Prefieres enfrentarte a las aguas bravas? ¿O estás
demasiado cansado por el jet lag?

A Cameron no se le pasó por alto el desafío implícito. Jo podría haber añadido «chico de ciudad».

–Lo que tú quieras. Soy todo tuyo por una semana.

–¿Una semana? –repitió ella, dejando la lijadora en una caja de herramientas y quitándose un guante–. ¿Qué demonios voy a hacer contigo una semana?

Cameron bajó la mirada hasta sus caderas. Podría enseñarle el tatuaje, por ejemplo.

–No quiero molestarte.

Ella pasó un dedo sobre la chapa metálica. La abolladura había desaparecido por completo. Cameron no podía creerse que la hubiera arreglado en cuarenta y cinco minutos.

–Ya me estás molestando.

A pesar del comentario, Jo pareció aceptar su llegada mejor de lo que él había esperado. La tensión inicial se relajó a los pocos minutos, y el bebé los distrajo de una discusión más profunda. Callie protestó lo bastante para ganarse un biberón, que Jo preparó como una profesional.

Cuando Callie se quedó dormida en el parque, Jo le quitó el biberón de las manos, lo enjuagó en el pequeño lavabo de la oficina y arropó a la niña con una manta rosa. Luego, indicó a Cameron que la siguiera al taller y estuvo trabajando mientras él la observaba sentado en el suelo, lo bastante lejos para evitar el spray pero lo suficientemente cerca para ver los detalles.

Detalles como el borde de aquel tatuaje, o el suave balanceo de sus pechos al lijar.

Al cabo de un rato, Jo se levantó, se sacudió los pantalones y agarró la caja de herramientas.

–Listo –dijo, y se giró hacia la pared de cristal para ver a Callie–. No tardará en despertarse.

Él también se levantó y le quitó la caja de herramientas.

–¿Dónde guardas esto?

Un brillo de sorpresa iluminó los ojos de Jo.

–¿Qué pasa? –preguntó él–. ¿Estás herramientas son demasiado valiosas como para que yo las toque?

–No. Simplemente, no estoy acostumbrada a tener ayuda.

–No quiero ofender tu masculinidad, cariño. Sólo quiero hacer esa excursión lo antes posible.

Jo se rió, diciéndole que no se creía ni una sola palabra, y señaló un rincón del taller.

–Ponla allí. Iré a ver si Callie se ha despertado.

Cameron aprovechó para examinar el local. Para ser un taller de coches, estaba bastante limpio, y se notaba que allí trabajaba una mujer. No era que todo fuese de color rosa, pero sí ofrecía un aspecto pulcro y ordenado. Incluso tentador.

Como su dueña.

–¿Buscando alguna infracción del código, letrado?

La pregunta lo sobresaltó, pues no la había oído acercarse por detrás.

–Sólo estoy admirando tu taller –respondió él–. Está muy bien. En cierto modo es... femenino.

Jo soltó otra carcajada de incredulidad.

–¿Quieres algo femenino? Entonces deberías ver Fluff.

¿Fluff? Ah, sí, el salón de belleza de Katie.

–Tal vez más tarde. ¿Se ha despertado ya Callie?

–Se despertará de un momento a otro. Los libros dicen que debería despertarla y acostumbrarla a una rutina, pero eso me parece muy cruel.

–No pareces ser el tipo de persona que se preocupa por lo que dicen los libros.

–Normalmente, no –dijo ella con una sonrisa de satisfacción–. Pero hay muchos expertos en el tema, y quiero asegurarme de que lo hago todo bien.

–Seguro que lo haces –dijo él, siguiéndola a la oficina.

–Oh, ya se ha despertado.

Cameron se detuvo y escuchó.

–No he oído nada.

Entonces oyó un ruido muy débil, como si alguien estuviera retorciendo un globo a cien metros de distancia. ¿Eso era un bebé? Jo corrió a la oficina, y cuando abrió la puerta, el gemido se transformó en un chillido a pleno pulmón.

A través del cristal, vio cómo Jo se inclinaba sobre el parque y levantaba al bebé en brazos. No pudo oír sus palabras, pero imaginó que le estaría canturreando mientras la mecía y besaba en la cabeza.

Ningún libro podría enseñarle tanto como la naturaleza. Jo había nacido para ser madre.

Hasta entonces Cameron había pensado que algunas mujeres no sabían ser madres y que por eso la suya propia los había abandonado. Pero ahora veía que estaba equivocado... y sobre su madre también.

Y sin embargo allí estaba, veintiséis años después, considerando la posibilidad de irrumpir en aquella familia y romperla. ¿Acaso creía que de aquel modo podría sanar la vieja herida?

No le parecía bien. Pero había hecho un trato con sus hermanos. Tenía que examinar la situación y tomar la mejor decisión para el bebé. Quinn estaba convencido de que esa decisión implicaría llevarse al bebé. Nicole y él ya estaban hablando de quedarse con ella.

Y, como Cameron había esperado, Colin había preferido hablar con su padre. Como tenía su oficina en Pittsburg, Colin era el más cercano al viejo y quien más contacto tenía con él, y había sido quien los informó de que su padre se había convertido prácticamente en un ermitaño.

¿Sería el resultado de años de remordimiento?

Cameron quería comprobar la versión de su madre y confiar en que Colin lo hablara con su padre.

Jo interrumpió sus pensamientos haciéndole un gesto para que entrara en la oficina. La niña parecía estar llorando.

–Eh, pequeña –dijo él al entrar, y sintió una punzada de felicidad cuando el rostro de Callie se iluminó. Se parecía tanto a Colin y a Quinn a esa edad que casi lo hizo reír–. ¿Tú también vienes de excursión?

–Por supuesto. Es una excursionista nata –le aseguró Jo, mirando los zapatos de Cameron–. Es su tío quien me preocupa.

–Tengo un calzado más apropiado en el coche –dijo él–. A menos que quieras prestarme unas botas de hombre de tu colección.

Jo arrugó la nariz y se inclinó sobre la oreja de Callie.

–Tío malo –le susurró.

Pero Callie alargó su manita hacia él y le agarró la nariz. La sensación fue tan enternecedora como la risa de Jo y la referencia que había hecho de él como tío de la pequeña.

–Vamos –dijo Jo, quitándole la mano de la nariz. Con su mano libre agarró una gran bolsa decorada con ositos naranjas y asintió hacia la puerta–. Primero iremos a casa a preparar el almuerzo. Y ella necesita comer algo.

Cameron había planeado quedarse en una de las muchas pensiones que había visto en la ciudad.

–Tengo que buscar una habitación. ¿Qué lugar de Carvel Street me recomiendas?

–Ninguno, a menos que quieras gastarte una fortuna. Puedes quedarte en mi casa.

Una punzada de tentación lo traspasó.

–¿En tu casa? ¿Estás segura?

La mirada de Jo le dijo que había captado las implicaciones pero que se negaba a reconocerlas.

–¿Cómo si no vas a ver en qué clase de hogar vive Callie? Tendrás que darles un informe completo a esos hermanos tuyos tan curiosos.

Así que comprendía el motivo exacto de su visita. Pero, ¿no se daba cuenta de lo peligrosa que era la química que ardía entre ellos? ¿O acaso era únicamente a él a quien seducían los recuerdos de la otra noche?

–Agradezco la oferta... –dudó un momento, pensando en cómo podía expresar sus preocupaciones.

–Podré soportarlo –dijo ella–. Creo que dijiste que podía soportarlo todo.

Cameron la contempló con el bebé en brazos, la bolsa en el hombro, aquellas manos tan bonitas y femeninas que podían manejar una lijadora con la misma elegancia con la que preparaban un biberón...

–Por supuesto que puedes.

Pero, ¿podría él?

Capítulo Siete

Jo miró una docena de veces por el espejo retrovisor para asegurarse de que el coche alquilado de Cameron la seguía de cerca por la tortuosa carretera. No era probable que lo perdiera, pero un sedán de alquiler no podía competir con su todoterreno.

Efectivamente, seguía detrás de ella. Cameron McGrath no iba a ir a ninguna parte. Durante una semana sería parte ineludible de su vida. Una parte encantadora, divertida, atractiva, amenazadora, sexy.

Sólo de pensarlo se estremeció. Una semana...

–¿En qué estaría pensando al invitarlo a casa? –le preguntó a Callie, que iba perfectamente segura en una silla especial en el asiento trasero.

Callie mordisqueaba un juguete de plástico, con los ojos medio cerrados y con la baba cayéndole por la barbilla.

–Tienes razón –dijo Jo con un suspiro agridulce–. No estaba pensando en nada. ¿Quién puede pensar en presencia de ese hombre? Me di seis veces con el martillo en los dedos mientras él estaba ahí sentado... comiéndome con los ojos.

Se echó a reír por la mirada que recibió de Callie.

–Es sólo una expresión, cariño. Sigue con tu juguete. No le prestes atención a tía Jo.

–Jojojojojo.

Aquel delicioso sonido le provocó una explosión de felicidad a Jo y le recordó la razón por la que Cameron McGrath había ido a California. No tenía nada que ver con la química que cargaba el ambiente cuando estaban juntos. El único motivo era aquel bebé sentado en el asiento trasero.

El todoterreno retumbó al tomar la última curva. A través de los altos pinos, podía verse la valla blanca que delimitaba los cinco acres de terreno de Jo. Siempre que contemplaba la vieja granja, la invadía una sensación de seguridad y familiaridad. Pero aquel día, sin embargo, una mezcla de emociones diferentes le oprimieron el corazón. Estaba orgullosa del hogar que había comprado y reformado, pero ¿cómo lo vería Cameron? Después de todo, era un hombre que vivía en un apartamento de lujo rozando el cielo.

Tendría que ver la belleza de la restauración, sin duda. Una casa acogedora de dos plantas con porche, numerosas claraboyas y la mejor despensa artesanal del condado. Si Cameron tenía ojo para el trabajo de carpintería, apreciaría el resultado.

Si no, vería una casa de veinticinco años a medio arreglar, con escaleras desvencijadas, dos dormitorios minúsculos, una chimenea deteriorada y unos aseos viejísimos.

Se detuvo frente a la puerta del garaje y salió del todoterreno para abrir la puerta del asiento trasero. Cameron aparcó detrás de ella y estuvo a su lado antes de que Jo pudiera desabrochar el cinturón de Callie.

—¿Vives aquí?

—No hay ascensor exprés, pero es nuestro hogar.

Él sonrió y abrió completamente la puerta del vehículo.

—¿Necesitas ayuda?

—No, gracias —respondió ella. Levantó a Callie del asiento y agarró la bolsa de los pañales con el brazo libre. Cuando salió, vio a Cameron observando la casa y la maravillosa vista de los picos nevados que rodeaban el valle.

—Bonita finca —dijo, sin el menor rastro de burla en su expresión.

—Te dije que mis vistas eran diferentes —dijo ella, sin molestarse en ocultar el orgullo de su voz.

—Y tenías razón.

Su mirada de aprobación la recorrió. Ella quería que el hogar de Callie lo impresionase. Quería que se diera cuenta del lugar tan increíble que era aquél para educar a una niña. Aunque ella había nacido y se había criado allí, nunca se cansaba de la sobrecogedora belleza de Sierra Nevada.

Esperó a que él sacara una bolsa y un maletín del coche.

—¿Piensas trabajar mientras estés aquí? —le preguntó mientras subían los escalones del porche.

—No, la empresa puede prescindir de mí durante una semana para firmar órdenes y pedidos.

Ella detectó una nota de ansiedad en el comentario.

—¿No llevas casos importantes en el trabajo?

—Sufro un síndrome clásico. Me han ascendido a un puesto tan alto que ya no puedo hacer el trabajo que me gusta. Hace un año que no veo el interior de un tribunal.

—Entonces, ¿por qué has traído el ordenador portátil? ¿Para mandarles informes diarios a tus hermanos?

—Me pidieron que les enviara por e-mail una foto de Callie.

A Jo se le encogió el estómago mientras dejaba las llaves y el bolso en el aparador antiguo de la entrada. Sólo era cuestión de tiempo que todos los McGrath estuvieran allí para pelear por Callie.

Le dio un beso a la niña y se hizo a un lado, optando por ignorar el comentario.

–Pasa –dijo, y se dirigió hacia la cocina. La consideraba el corazón de su hogar.

En la inmensa cocina, el parque de Callie y su silla estaban junto a una gran mesa, bajo una ventana con vistas dignas de un calendario.

–Vaya… –dijo él, arrastrado hacia la ventana por la fuerza magnética de la vista, igual que le pasaba a todo el mundo que entraba en la cocina. Pero en lo que se fijó más fue en la encimera–. Tenías razón. No se ve ni una grieta.

Jo no pudo reprimir una carcajada mientras colocaba a Callie en su sillita.

–Ahí está el despacho y el dormitorio de invitados –dijo, asintiendo hacia una pequeña habitación adyacente a la cocina–. Tendrás que conformarte con el sofá, pero todo el mundo dice que es muy cómodo. Y puedes conectar tu portátil en mi wireless, si quieres.

Consciente de que la miraba más a ella que a la vista, abrió un frasco de compota de manzana y puso algunas galletas en la bandeja de Callie. Mientras se volvía hacia la nevera a sacar el zumo, Cameron se sentó en la silla más cercana a Callie.

–¿Puedo darle de comer?

La petición dejó a Jo de piedra. Lenta e insidiosamente, Cameron se introduciría en el mundo de Callie, y la niña le respondería llegándole al corazón.

–Por supuesto –respondió alegremente–. Aunque necesitarás un babero tanto como ella, o te pondrá la camiseta perdida de compota.

–¿Y manchar el logotipo de los Yankees? –preguntó él, dirigiéndose a Callie–. No serías capaz de hacer eso, ¿verdad, cariño?

Callie rió encantada. Era curioso ver cómo todas las mujeres caían rendidas ante Cameron cuando las llamaba «cariño».

–¿Ves esto? –extendió los brazos para enseñarle el frontal de su camiseta y señaló el logo. Jo no pudo resistirse y también miró. Su pecho era amplio y la camiseta se ceñía a sus músculos bien definidos. Recordó la sensación de aquella piel bajo sus manos. Las cosquillas de su vello masculino sobre al acelerado corazón…– Esto es una dinastía, pequeña –siguió explicando él, ajeno a la preocupante reacción corporal de Jo–. Podemos decorar tu dormitorio con los colores de los Yankees, si te gustan.

–¿Y borrar los ositos que he pintado a mano? –preguntó Jo en tono incrédulo–. Debes de estar soñando.

–No tiene por qué ser ahora –dijo él–. Podemos esperar hasta que empiece a jugar al béisbol.

Jo dejó un vaso de zumo en la bandeja y se echó a reír.

–Ella no va a jugar al béisbol, Cam. Es la viva imagen de su madre, quien no se atrevía ni a poner en peligro sus uñas perfectas.

–¿Quién sabe? –tomó una cucharada de compota y se la puso a Callie en la boca–. Dicen que el entorno puede ser más fuerte que los genes. Podría llegar a ser una excelente carpintera.

A Jo se le borró la sonrisa al mirarlo. ¿Sería eso un cumplido… o una provocación?

Cameron le hizo un guiño a Callie, quien abrió la boca y se tragó la compota sin derramar nada.

–Es una preciosidad –dijo él, más para sí mismo.

Jo se cruzó de brazos y miró a Callie.

–Se parece tanto a Katie que me dan ganas de llorar.

Cameron fingió que observaba la compota por unos momentos.

–Me preguntaba si tendrías más fotos. De Katie cuando era joven…

–Sí, las tengo. Muchas.

Le puso una mano en el hombro, queriendo ofrecerle consuelo. No tenía nada que ver con el impulso de volver a tocarlo.

–Te las enseñaré esta noche. Después de la excursión.

Él le miró la mano y luego a ella. Su expresión era cálida, pero cautelosa.

–¿Adónde vamos a ir?

–A mi jardín trasero –respondió ella señalando la ventana.

–Muy adecuado.

–Y tanto que sí. Todos los días hago casi cuatro kilómetros.

Cameron se quedó boquiabierto y la miró maravillado.

–No me extraña que estés en tan buena forma.

A Jo le dio un vuelco el corazón.

–Voy a cambiarme, y luego empaquetaremos algunas provisiones. ¿Crees que podrás arreglártelas con ella durante cinco minutos?

–Por supuesto –respondió, mirando a Callie–. Estaremos muy bien.

Jo se inclinó para darle un beso a la niña.

–Enseguida vuelvo, cariño.

Callie la miró de inmediato con expresión de inseguridad.

–Tranquila –le dijo Jo con ternura, acariciándole el pelo–. Sólo voy al piso de arriba. Te quedas con...

–Cam –concluyó él–. Puede llamarme Cam.

–No va a llamarte de ninguna manera –le aseguró Jo–. No puede hablar, Cam.

–¡Ca-ca-ca-ca-ca! –gritó Callie, apuntando al rostro de Cameron.

Él esbozó una sonrisa de pura satisfacción.

–¿Lo ves? Ha dicho mi nombre. Antes de que me vaya estará diciendo que me quiere.

—Eso es lo que temo –confesó ella, intentando disimular su miedo con una carcajada.

Pero el asunto no tenía ninguna gracia.

Las dos mujeres de la casa corrían el peligro de entregar sus corazones durante la próxima semana.

Como todo lo demás que hacía, Jo caminaba por la ladera de la montaña con elegancia y habilidad. Callie iba cómodamente sujeta a su pecho, contemplando el mundo sin dejar de parlotear y cantar.

Cameron pudo seguir fácilmente el ritmo de Jo... pero sólo porque jugaba al béisbol tres veces a la semana y se entrenaba en el gimnasio de la oficina otros dos días. De lo contrario se habría agotado enseguida.

¿Era aquello una especie de test de resistencia o Jo sólo estaba presumiendo?

Caminando detrás de ella observó sus largas zancadas, sus hombros erguidos, su duro trasero enfundado en unos shorts beige y sus largos muslos. Podía presumir lo que quisiera... el placer era de él. No recordaba haberse excitado nunca por una mujer tan atlética. Por lo general, sus novias eran tan delgadas y delicadas que un soplo de viento podía llevárselas volando.

Intentó imaginarse a Amanda trotando por aquella montaña. La imagen le provocó una carcajada, seguida por una ola de alivio por haber roto con ella antes de salir de Nueva York.

—Me alegro de que lo estés pasando bien ahí detrás –le dijo Jo por encima del hombro–. Porque las cosas van a ponerse difíciles.

¿Difíciles?

—¿Te refieres a la caminata?

—Sí. Un poco –se detuvo y él la alcanzó en dos zancadas–. Subiremos medio kilómetro más y comeremos en mi lugar favorito. A menos que estés demasiado cansado o hambriento.

Cameron estaba rendido y muerto de hambre.

–Puedo seguir lo que haga falta –le aseguró.

La sonrisa de Jo fue mitad de incredulidad, mitad de burla.

–No tienes que demostrarme nada, Cam. Sólo dime si necesitas descansar. Hago esto cada día.

–Sólo tengo treinta y cinco años. Me mantengo en forma –respondió él a la defensiva–. Y juego al béisbol.

–Ajá –dijo ella. Cameron creyó que le miraba el pecho, pero con las gafas de sol de Jo no podía estar seguro. No sería la primera vez que la pillara mirándolo–. En ese caso, vigila tus pasos.

Una hora más tarde, se detuvieron en un claro de hierba rodeado de un pinar tan denso que casi ocultaba el cielo. El aire era fresco y puro, y la brisa susurraba entre las agujas de los pinos como si fuera la respiración de la madre naturaleza.

–Así que éste es tu lugar favorito, ¿eh? –dijo Cameron, quitándose la mochila que se había ofrecido a llevar.

–Así es. Mi lugar favorito del mundo entero.

En apenas unos segundos, había extendido una manta en la hierba, dispuesto la comida y la bebida y colocado a Callie en el medio. No importaba lo que la niña hiciera; Jo no le quitaba ojo de encima y podía sujetarla antes de que saliera gateando de la manta.

Aquellas dos mujeres parecían comunicarse sin palabras.

Una punzada de culpa le traspasó la garganta. Sería una crueldad separarlas.

Se sentó en el borde de la manta y alternó la mirada entre la belleza natural del mundo que lo rodeaba... y la mujer que tenía enfrente.

–Cuéntame, ¿cuál es el orden legal que debe seguirse en una adopción?

Ella levantó la mirada del recipiente de fruta que estaba abriendo y sacudió un hombro para apartar un mechón que se le había soltado de la cola.

–El viernes tengo una reunión con Child Services.

–¿Qué va a discutirse en esa reunión?

–¿Quieres una fresa? –le ofreció ella, tendiéndole el recipiente.

Él tomó una y se lo agradeció asintiendo.

–¿Quieres una fresa, Cal? –le ofreció Jo a la niña, que estaba sentada con las piernas cruzadas entre ellos.

La pequeña agarró una fresa y empezó a morderla, mientras Cameron esperaba la respuesta de Jo.

–Se supone que debo presentar la petición de renuncia firmada. Pero ahora... –se metió un trozo de melón en la boca y apartó la mirada.

Ahora... no tenía ninguna firma.

–¿Están esperando una petición firmada? –preguntó él.

Ella negó con la cabeza y esperó a tragar para contestar.

–No saben que tú existes. Quería hablarles de ti y de tu consentimiento al mismo tiempo.

Él se apoyó en un codo y la vio limpiarle la barbilla a Callie.

–Tengo que admitir que eres valiente, Jo –le dijo–. No has suplicado ni lloriqueado ni nada por el estilo.

–Hace tiempo que aprendí lo inútiles que eran esos métodos.

–¿Por Katie?

–Ella sabía llorar como nadie.

Cameron se echó a reír y aceptó el pan que Jo le ofrecía.

–Sí que era una espina en el trasero, ¿no?

–Sí, pero era la espina en mi trasero –recalcó ella–. Por eso la quería –se tumbó de espaldas en la manta y dejó que el sol le bañara el rostro–. Y echo de menos sus lloriqueos como no te puedes imaginar.

Cameron tuvo que reprimir el impulso de alargar un brazo y tocar la piel que revelaba el cuello de su camiseta blanca. De repente recordó el sabor de aquella piel, y lo caliente que había sentido su carne en la boca. La cola de caballo casi rozaba la tierra detrás de ella, y deseó entrelazar los dedos en aquella mata de pelo.

–Iré contigo –dijo sin pensar.

–¿Cómo? –se sentó y lo miró, levantándose las gafas de sol–. ¿Vendrás conmigo a la reunión con Child Services?

–Sí.

–¿Por qué?

–¿No vas a hablarles de mí y de mi familia?

–No sé sí lo creerán, pero sí, tengo que hacerlo.

En el fondo no tenía que hacerlo, y él lo sabía. Podía ocultar fácilmente que Callie tenía parientes vivos y seguir adelante con la adopción. El hecho de que quisiera hacerlo todo correctamente y el esfuerzo que había hecho para encontrarlo seguían sorprendiéndolo. Y Jo cada vez le gustaba más por su sinceridad.

–Si te acompaño para corroborar tu historia, ¿servirá de algo o no?

–Puede acelerar las cosas. En cualquier caso, iniciarán una investigación a gran escala y te entrevistarán a ti y seguramente a tus hermanos.

Él sabía por qué, naturalmente. Había estudiado las leyes de adopción de California antes de que Jo se fuera de Nueva York. Sin un testamento que otorgara la custodia, Callie era legalmente suya o de sus hermanos, porque los derechos familiares tenían mucha más fuerza ante la ley que una amistad íntima.

Pero ahí era donde la ley era más arriesgada. Callie podía permanecer bajo la custodia de Jo, pero el consentimiento para la adopción recaía sobre él. En todos los casos similares, el niño había acabado con sus parientes por orden del juez. Todo jugaba en contra de Jo.

Callie se puso a gatear y a arrastrarse hacia el borde de la manta. Al instante, tanto Jo como Cameron se abalanzaron sobre ella y la agarraron al mismo tiempo. Nada más tocarse, él se apartó y dejó a Callie en manos de Jo.

Y lo mismo debería hacer con todo el proceso legal, pensó. Y por la mirada que recibió de Jo, supo que ella estaba pensando en lo mismo.

—La mujer con la que nos reuniremos es una trabajadora social llamada Mary Beth Borrell —dijo ella, sentando a Callie y dándole un poco de pan—. ¿Qué vas a decirle?

—Le diré que he venido a observar. A asegurarme de que Callie recibe el cuidado y el cariño que necesita.

—¿Y entonces? —se aclaró la garganta y le sonrió—. No quiero lloriquear ni suplicar, pero ¿firmarás el documento?

—No puedo, Jo.

Enseguida vio cómo se le desencajaba la expresión a Jo.

—No puedo hacerlo hasta que lo haya discutido con mis hermanos. Esta semana tenemos cosas que hacer, pero luego tomaremos una decisión.

—¿Cosas que hacer?

—Colin va a hablar con nuestro padre. Va a contarle lo que ha pasado y, con suerte, a escuchar la verdad del pasado.

–Ya sabemos la verdad.

Cameron no respondió a eso.

–Quinn está... –odiaba decirle aquello–. Quinn y Nicole están discutiendo la posibilidad de tener otro hijo, puesto que ya están esperando uno.

Jo soltó un resoplido de disgusto.

–Genial. Sencillamente genial. Y tú has venido a examinar mis habilidades maternales.

Él alargó un brazo y le puso una mano sobre las suyas.

–No hay nada que examinar, Jo. Eres una madre maravillosa. Callie es muy afortunada al tenerte.

Ella lo sorprendió girando la mano y entrelazando los dedos con los suyos.

–Díselo a Child Services.

–Ésa es mi intención.

Pero Cameron sabía que Child Services no era el problema de Jo. El problema eran sus hermanos, que ya estaban pensando en que Callie fuera parte de la familia. Según ellos, el destino de esa niña era sanar la herida causada por la estupidez de sus padres.

Sabía lo que Quinn y Nicole querrían hacer. Y Colin era lo bastante rebelde para hacer lo contrario de lo que su padre estimase oportuno.

Aunque no estuviera de acuerdo, sus hermanos tenían la última palabra sobre el destino de Callie McGrath.

Los dedos de Jo eran cálidos y reconfortantes. Esbeltos, suaves y fuertes. Las manos de una experta en reparar colisiones.

Y le iban a hacer falta a Jo. Porque seguramente él fuera la causa del mayor siniestro de su vida.

Capítulo Ocho

Sentado en el extremo del sofá, Cameron pasó la última página del álbum y esbozó una sonrisa. Jo estaba sentada en el suelo junto a la chimenea, pero sabía por qué estaba sonriendo. Ella había añadido la última foto de su propia colección.

Había sido tomada en Reno, sólo una semana antes del terremoto. Katie sonriendo bajo el letrero en forma de arco con la palabra «Reno», sosteniendo unos zapatos de tacón negros en una mano y su sombrero de vaquera en la otra.

—Pero si lleva zapatos —observó Cameron—. ¿Por qué tiene un par en la mano?

—Los que tiene en la mano son los míos —explicó Jo.

—No puede ser —dijo él, sorprendido.

—Claro que sí —insistió ella riendo.

—Sería capaz de pagar una fortuna por verte con esos zapatos —le aseguró con una sonrisa letal.

A Jo se le derritió la parte inferior de su cuerpo.

—Sí, bueno... No me los pongo muy a menudo. Le compré a Katie el sombrero e hice que le bordaran su nombre como regalo de cumpleaños. Mientras esperábamos a que lo hicieran, nos fuimos de compras y ella me eligió esos zapatos.

Cameron observó la foto atentamente.

—Parece muy feliz.

—Lo era. Las cosas se habían estabilizado. Roger Morgan... el padre de Callie, se había ido de Sierra

Springs. Bluff'n'Fluff empezaba a dar dinero. Todo iba bien.

–Pero no duró.

–No. La naturaleza intervino y lo cambió todo.

Él cerró el álbum con un golpe seco.

Callie se había quedado dormida después de la cena, y Jo y Cameron habían estado hablando desde entonces. Para Jo, la noche podría haber seguido para siempre. Le resultaba muy fácil hablar con Cameron, tan listo y divertido. Y mirarlo era tan agradable que rayaba en el pecado.

Pero algo no dejaba de inquietarla mientras él veía las fotografías, y decidió que era el momento de preguntárselo.

–¿Por qué no has hecho ningún comentario sobre tu madre?

Él se encogió de hombros.

–¿Qué puedo decir? Tiene buen aspecto. Muy juvenil. Envejecía mejor que mi padre, desde luego.

–Eso es porque tu padre carga con la culpa.

Aquel comentario hizo reír a Cameron.

–¿Te parece divertido? –le preguntó a ella.

–No –negó él, sin perder la sonrisa–. Pero es exactamente lo que mi abuela hubiera dicho. Siempre nos estaba diciendo cosas como ésa a todos nosotros. Tenía una predicción para cada hombre de la familia McGrath.

Jo se arrebujó en la manta para protegerse de la brisa nocturna que se colaba por la chimenea.

–¿Qué decía?

–Decía que la conciencia acabaría algún día con papá, pero nunca se lo dijo a él. A mi padre no le gustaba oír eso.

–Y tú sabes por qué.

Él dejó el álbum en la mesita y se recostó en el sofá.

–Supongo que sí.

-¿Y sobre ti y tus hermanos? ¿Qué decía tu abuela?

-Bueno... Quinn es, o era una especie de imán para las chicas.

-Seguro que igual que tú.

Cameron se rió.

-Digamos que él lo elevó a la categoría de arte. En cualquier caso, mi abuela solía decir que él encontraría a «la única» y que echaría raíces.

-¿Y acertó?

Él asintió.

-Deberías verlo con Nic. Feliz como un niño en... Florida. Y en cuanto a Colin, mi abuela decía que era el más afortunado y que siempre lo conseguiría todo sin esfuerzo.

-¿Y es así?

-Tiene a una chica maravillosa a su lado y un próspero negocio. Y no pareció que le costara mucho conseguirlo.

-¿Y sobre ti? ¿Qué destino te predijo tu abuela?

La sonrisa de Cameron desapareció, provocándole un estremecimiento de inquietud a Jo.

-Cuéntamelo -le pidió ella.

Cameron se puso en pie bruscamente.

-Divagaciones de una vieja irlandesa, Jo. Nada que pueda tomarse en serio -se estiró, atrayendo la atención de Jo hacia el maldito logo de los Yankees-. Creo que voy a tomar una ducha y a acostarme. El cambio de horario me ha agotado.

Cualquiera que hubiese sido la predicción de su abuela seguiría siendo un secreto.

-Tendrás que usar mi ducha, en el piso de arriba -dijo ella-. El cuarto de baño de aquí abajo es sólo un aseo.

-¿Cómo? ¿No has instalado una ducha con tus propias manos en tu tiempo libre? -se agachó y la ayudó a levantarse.

—Está en mi lista de cosas pendientes —dijo ella, soltándose de su mano a regañadientes.

Cuando subieron las escaleras, Jo le indicó su dormitorio.

—Estaré ahí.

—¿Poniéndote el pijama? —preguntó él, meneando las cejas.

—Yo no…

—Ya lo sé —le hizo un guiño—. Por eso lo he sugerido.

—Muy gracioso —lo golpeó en el hombro, empujándolo hacia el cuarto de baño—. Haré una concesión especial.

Mientras Cameron se duchaba, Jo se puso el único pijama que pudo encontrar: unos shorts y un top. Entonces recordó que debería preparar el sofá cama…o Cameron podría verse tentado a deslizarse en su cama.

Con un estremecimiento de sentimientos mezclados, bajó las escaleras decidida a abrir el sofá, ponerle sábanas limpias y estar de vuelta en su habitación antes de que él acabara de ducharse.

No quería permanecer en ninguna habitación que contuviera una cama y a Cameron McGrath. Era una combinación mortal.

—¿Puedo ver tu tatuaje?

Se dio la vuelta con un respingo. ¿Cómo había conseguido Cameron bajar las escaleras sin que crujiera un solo escalón?

¿Y cómo sabía él que tenía un tatuaje?

Cameron se echó a reír.

—Te he dejado sin habla.

Ella sacudió la cabeza y se esforzó por soltar una carcajada ligera.

—No, no puedes ver mi tatuaje.

Él se cruzó de brazos y sonrió.

—Vi parte del mismo cuando estabas martilleando

el Toyota. Es rojo oscuro. Y está en un lugar muy interesante.

Jo sintió que se ruborizaba intensamente.

–Es algo muy íntimo. Sólo lo han visto el artista que lo hizo y Katie.

–¿Una ocasión especial?

–Sí. Me lo hice cuando... conseguí algo después de años de duro trabajo.

Él entró en la habitación, llenando la estancia con su poderosa presencia.

–¿Te importa? –preguntó ella, apartándose cuando él se acercó.

–Eh... creo que ésta es mi habitación. En algún momento tendré que entrar –su sonrisa era tan letal como su pecho, no dejando otro lugar adonde mirar–. Vamos, Jo –susurró maliciosamente, bajando la mirada a su cadera–. Déjame verlo.

Ella retrocedió. Odiaba el calor que le dejaba todo el cuerpo húmedo y tembloroso, pero le encantaba el flirteo. Aquel hombre era un profesional de la seducción.

–No. No puedes verlo.

–Entonces dime qué conseguiste para hacértelo.

Nunca desistiría en su empeño.

–Sígueme –le dijo, pasando a su lado–. Pero deja abierta la puerta del garaje para que pueda oír a Callie.

–¿Vamos a ir al garaje?

Ella lo miró por encima del hombro.

–¿En qué otro lugar esperarías encontrar algo que haya conseguido yo?

Lo oyó reírse mientras atravesaba descalza la cocina hacia la puerta del garaje. Abrió con cuidado, para que el chirrido no despertara a Callie, y avanzó por la oscuridad hasta la lámpara que había en el extremo opuesto.

–¿Adónde vas? –preguntó él–. ¿Qué...?

Se calló cuando la luz se encendió, y durante un largo y maravilloso minuto contempló el orgullo de Jo.

—Ahora sí que te he dejado sin habla —dijo ella con una sonrisa, pasando la mano por el reluciente capó rojo de su Mustang—. ¿No es precioso?

Cameron soltó un silbido de admiración.

—Sí. Del sesenta y cinco. El segundo año de su lanzamiento —se acercó lentamente y se agachó para tocar un neumático—. Qué líneas tan bonitas…

—Cuando lo encontré, estaba del todo inaprovechable. Un camión lo había aplastado y estaba en un desguace.

Cameron levantó la mirada hacia ella.

—¿Has arreglado un Mustang destrozado de cuarenta años? —le preguntó, absolutamente maravillado.

—Ésa era mi vida, antes de Callie —tocó con cariño el adorno del capó—. Me pasé más de dos años trabajando en este coche los domingos. ¿No te encanta el color?

—Como una manzana de caramelo.

—Sí —corroboró ella sonriendo—. E igual de dulce.

—¿También has arreglado el motor?

Ella negó con la cabeza.

—¿Cuántas veces tengo que decirte que no soy mecánica? Lo hizo un amigo mío —levantó el capó—. Por dentro también reluce.

Él se acercó y atrapó a Jo entre el capó abierto y su cuerpo medio desnudo.

—Este coche es tan bonito como tú.

A Jo le dio un vuelco el corazón. La proximidad de Cameron la desestabilizaba, y tuvo que agarrarse al frontal del coche para que sus rodillas no cedieran.

—¿Por qué haces esto? —consiguió preguntar.

Él no respondió enseguida, y ella esperó oír la típica pregunta «¿Hacer qué?»

—Porque llevo todo el día deseando besarte —contestó finalmente—. ¿Tú no?

—Sí.

Él le cubrió la boca con la suya y la estrechó entre sus poderosos brazos. Ella lo abrazó por el cuello y se fundió en el beso.

Un suave gemido escapó de la garganta de Cameron, que fue descendiendo con los labios y los dedos por el cuello de Jo.

La sangre fluyó por las venas de Jo a una velocidad vertiginosa, desde la cabeza hasta el palpitante centro de su deseo. Ni una sola célula de su cuerpo tuvo la fuerza ni la voluntad para resistirse. Aquello era demasiado bueno. Demasiado increíble. Demasiado correcto.

Él se inclinó para besarle la base del cuello y la parte superior de los pechos. Jo no pudo hacer más que aferrarse a su cabeza, aspirar el olor a limpio de su pelo mojado y apretarlo contra su cuerpo y su corazón.

Con una mano él la mantuvo sujeta, presionando la erección contra su vientre, y deslizó la otra bajo el top y subió por el torso hasta alcanzar el pecho.

Ella ahogó un gemido y él volvió a besarla en la boca, ávidamente, profundizando con la lengua mientras le frotaba el pezón con el pulgar.

Entonces se apartó ligeramente y miró hacia el coche.

—¿Qué tal si probamos el asiento trasero? Se hizo para esto, ¿no?

—En mi coche no. Ni hablar —intentó apartarse, pero él no la soltó.

—Entonces volvamos a la casa —tiró de ella y cerró el capó con una mano. Manteniéndola abrazada por la cintura, la metió en la casa y la aprisionó contra la puerta del garaje para volver a besarla.

–No... no puedo... –Jo intentaba hablar, pero sólo podía gemir–. No puedo parar.

Él soltó una risa débil y sensual contra su oído.

–Entonces no pares.

Con un rápido movimiento, él la levantó del suelo.

–Vamos a ver qué podemos hacer en tu encimera.

La sentó suavemente en la reluciente superficie y se colocó entre sus piernas. La única iluminación la proporcionaba la luna, y una suave luz procedente de la habitación de invitados.

Ella se aferró a sus anchos y fuertes hombros mientras él volvía a besarla. Sus caras estaban ahora al mismo nivel. Entonces Cameron agachó la cabeza y lamió la piel de los pechos, avivando las llamas que la consumían por dentro.

–¿Qué estoy haciendo aquí arriba? –preguntó ella, medio riendo, medio en serio.

–Estoy buscando algo –susurró él.

Antes de que ella se diera cuenta de lo que estaba haciendo, él le había tirado de los shorts hacia abajo y le estaba lamiendo la cadera.

Cameron se detuvo lo justo para mirar el tatuaje, y le besó la carne de tal modo que Jo pensó que debía de estar saboreando el colorante que formaba un caballo al galope. Finalmente, muy despacio, se irguió frente a ella.

–Un Mustang, desde luego –dijo, sacudiendo la cabeza–. Mi chica tiene un logo del coche en su precioso trasero.

¿Su chica? Bueno, tal vez lo fuera en aquel momento. O en aquella noche. O incluso en aquella semana.

–No soy la chica de nadie.

-No, claro que no.

Jo sintió una punzada de decepción.

-Sólo perteneces a ti misma, Jo Ellen -su voz estaba cargada de excitación y ternura-. Y eso es lo que más me gusta de ti -añadió, guiándola hacia su erección.

Incapaz de detenerse, Jo apretó las caderas contra él, desesperada por recibir más. Aspiró hondo para inhalar el delicioso olor a jabón que le hacía desearlo con todas sus fuerzas.

Sus lenguas se entrelazaron mientras Cameron metía las manos por debajo del top y le acariciaba los pechos lenta e implacablemente. Le subió el top lo bastante para agachar la cabeza y atraparle un pezón con la boca, succionándolo con avidez antes de pasar al otro.

Las llamas de pasión hicieron olvidar a Jo que estaba en la encimera de su cocina.

Y le encantaba.

-¿De verdad vamos a hacerlo aquí? ¿En la encimera?

-Donde tú quieras, cariño -la besó y le atrapó el labio inferior entre sus dientes-. Aquí, o arriba -le dejó un reguero de besos a lo largo del cuello-. En el coche. En el tejado. Sobre la hierba...

Volvió a deslizar la mano en el interior de los shorts, provocándole un espasmo a Jo.

-Me da igual adónde vayamos -dijo, hundiendo los dedos en el vello de su entrepierna-. Tengo que hacerte el amor. Tengo que estar dentro de ti.

Ella aspiró hondo, preparada para acceder a lo que fuera, y donde fuera, cuando el llanto de Callie lo interrumpió todo.

Cameron siguió el precioso trasero de Jo escaleras arriba, resistiendo el impulso de quitarle los ridículos shorts y comerle el tatuaje. Pero la chica sensual y apasionada había desaparecido y en su lugar había una madre preocupada.

Quiso maldecir al pequeño demonio que los había interrumpido, pero no pudo sentir el menor rencor cuando vio la pequeña carita colorada en la cuna. Callie se había levantado sobre sus piernas temblorosas y lloraba desconsoladamente.

Pero en cuanto Jo la tomó en brazos y empezó a canturrearle al oído, el llanto se calmó.

–Necesita un biberón –dijo ella.

–Yo me encargo.

–No, no. Tiene que estar caliente, y mi microondas es muy delicado.

–Jo, puedo calentar un biberón de leche, por el amor de Dios.

Ella no le hizo caso y le tendió a la niña.

–Toma. Mécela unos minutos. Enseguida vuelvo.

Antes de que él pudiera protestar, estaba con el bebé en brazos.

–De acuerdo, podemos hacerlo –le dijo a Callie, que lloraba de indignación por el traspaso de poder.

Se sentó en la mecedora que había en el rincón y consiguió colocar a la niña en una postura cómoda. ¿Cómo era posible que en menos de dos minutos hubiera pasado de tener entre sus brazos a una mujer ávida de sexo a una diminuta criatura llorando por un biberón?

–Eh, pequeña –le acarició los rizos negros como había visto hacer a Jo–. Eres muy inoportuna, ¿lo sabías?

Callie se estremeció y enterró la cabeza entre el hombro y el cuello de Cameron, quien se vio invadido al instante por una sensación de plenitud. Naturalmente, prefería la sensación de tener las piernas de Jo alrededor de sus caderas y sus delicados pechos bajo las manos, pero aquella otra sensación no estaba nada mal.

–Seguro que presentiste que algo grande estaba sucediendo abajo, ¿verdad?

Callie gimió suavemente y suspiró.

–Oh, vamos, pequeña. No voy a apartarla de tu lado. Ni a ti del suyo –se la aupó un poco más, deleitándose con aquella cabecita en su hombro. Pero ¿qué estaba haciendo realmente al hacer el amor con Jo Ellen Tremaine?

Él sólo la deseaba. Deseo puro y simple. ¿Por qué tenía que ser más que eso? Jo era una mujer inteligente, dinámica y fuerte, con un cuerpo y un rostro muy, muy seductores.

¿Sería más que deseo?

No. Ella le gustaba, por supuesto. Pero sólo era deseo. La respuesta natural, y perfectamente controlable, a una mujer.

No había pasado ni medio minuto desde que la vio sin imaginarse a sí mismo besándola, tocándola, penetrándola. Había estado cerca. Y ella había estado tan dispuesta...

–Aquí estoy.

Abrió los ojos al oír su voz y la vio frente a él, con un biberón y una manta.

–Yo lo haré –insistió él–. Los dos estamos demasiado cómodos ahora como para movernos.

Ella no discutió. Le tendió el biberón, y, por puro instinto, Cameron se colocó a Callie en el pliegue del brazo. Jo la arropó con la manta y se inclinó.

Cameron esperaba que besase a Callie, pero sus labios le rozaron suavemente la mejilla. Y lo sorprendió aún más al sentarse en el suelo junto a ellos y apoyar la cabeza en su rodilla.

Ahora tenía a dos mujeres con él. Dos mujeres preciosas que le confiaban su afecto. Dos mujeres asombrosas cuyos futuros estaban en sus manos, y que podían cambiarse con una simple firma.

Si realmente Jo le gustara, le daría lo que ella quería. Le permitiría adoptar a Callie.

Con Callie en su codo agarrando el biberón, alargó el brazo libre y le acarició el pelo a Jo, que suspiró suavemente.

Y, de repente, una sensación de déjà vu lo golpeó con tanta fuerza que casi lo dejó sin aire. Había estado allí antes. Sólo que era él quien estaba apoyado en la rodilla de una mujer mientras un bebé tomaba un biberón.

Lo recordaba. Oh, Dios, la recordaba a ella claramente. Podía oler su fragancia a flores y sentir sus dedos acariciándole el pelo.

Esperó la explosión de dolor, pero por primera vez desde que tenía nueve años, ésta no se produjo. Ya no la odiaba por haberse marchado. Era hora de concederle a su madre el beneficio de la duda. Y sabía que en ello radicaba la curación de las heridas de su familia.

Y si él podía «curarse», también podían Colin y Quinn. No había necesidad de romper aquella pequeña familia. Aquel bebé no era su salvación. La salvación era saber que su madre los había querido de verdad.

Y era Jo quien se lo había enseñado. Eso debía de ser lo que sentía además del deseo. Y ella merecía que la recompensara por aquel regalo.

–Jo –susurró, esperando que Callie no abriera los ojos.

Jo levantó la cabeza y lo miró.

–Quiero firmar el documento.

–¿Porque quieres acostarte conmigo?

–No –respondió él, sonriendo–. Quiero acostarme contigo, pero no voy a firmar por eso. Quiero hacer lo correcto. Haré todo lo que esté en mi mano para que Callie se quede contigo.

–Pero ¿y tus hermanos? ¿Te atreverías a desafiarlos?

–Nunca nos hemos peleado por las cosas importantes. Siempre hemos estado muy unidos –bajó la mirada y con mucho cuidado le quitó a Callie el biberón–. Pero si tengo que enfrentarme a ellos, lo haré –añadió, aunque esperaba no tener que hacerlo.

Jo se irguió lentamente sobre sus rodillas, colocándose frente a Cameron y a Callie. Alargó los brazos y le tomó el rostro entre las manos. Al recibir su tacto, Cameron cerró los ojos y dejó escapar una profunda exhalación.

–Lo siento, Cam. Siento si esto provoca más dolor en tu familia.

Él abrió los ojos y la miró.

–Mi abuela también decía que yo había nacido para hacer lo correcto.

–¿Sabes qué es lo correcto en este caso? –preguntó ella con un hilo de voz.

Él asintió.

–Callie tiene que quedarse contigo.

–Oh –la exclamación sonó como un débil sollozo–. Gracias.

Callie se acurrucó más contra Cameron y suspiró feliz. Él la miró y se deleitó en silencio con la emoción. Nunca había sentido más satisfacción. Nunca.

–No, gracias a ti –le susurró a Jo.

Ella asintió y tomó a Callie en brazos.

–Le cambiaré el pañal y la acostaré. Mi habitación está al otro lado del pasillo. Estaré allí en dos minutos.

Su mensaje era muy claro.

Capítulo Nueve

Cameron dejó una lámpara encendida en la pequeña habitación. Quería ver a Jo y ver cómo se deshacía bajo sus manos, su boca y su cuerpo. Quería ver su rostro cuando él le diera las gracias por el regalo que le había dado. Si ella no hubiera seguido adelante, si no se hubiera esforzado por hacer lo correcto, él nunca habría sabido la verdad sobre su madre. Y nunca se habría liberado de su peor enemigo.

Si se lo decía a Jo, ella se transformaría en Sigmund Freud y se pondría a analizar el acto amoroso como un gesto de agradecimiento y autocuración. Pero no era así. Cameron la deseaba ardientemente y ansiaba estar dentro de ella.

Se deslizó en la cama, aspirando el olor a Jo que impregnaba las sábanas, y se quitó los pantalones. A Jo le quitaría los shorts en cuanto se uniera a él en la cama.

Sonrió al pensarlo. ¿Quién le hubiera dicho que se moriría por hacerle el amor a una chica vaquera, mecánica, carpintera, marimacho, excursionista, que llevaba shorts y que tenía un caballo tatuado en el trasero?

Pero sólo de pensarlo se excitó aún más. Cerró los ojos y abrazó la almohada con un brazo, imaginando que era ella. Dos minutos, había dicho.

«Vamos, cariño».

Ignoró el hecho de que fueran las tres de la mañana en Nueva York. No podía quedarse dormido con una erección semejante y con una mujer como Jo bajo el mismo techo.

Volvió a aspirar su fragancia y se la imaginó desnuda bajo su cuerpo. Su piel dulce, sus labios suaves, sus deliciosos pechos...

De repente oyó voces. Voces femeninas. Y risas. El ruido de una taza golpeando un platillo. Un bebé chillando y mujeres hablando.

Se sacudió del sueño más profundo que podía recordar, incapaz de imaginarse dónde podía estar para escuchar a mujeres riendo.

Parpadeó y miró alrededor. Unos postes de madera tallada de caoba le bloqueaban la visión.

Estaba en el dormitorio de Jo. Extendió la palma sobre la almohada vacía junto a él, sintiendo cómo se le formaba un nudo de decepción en el estómago.

¿Con quién estaba hablando Jo? Entornó los ojos para protegerse de la luz de la mañana, no de la lámpara que había dejado encendida, y miró el reloj de la mesita de noche.

¿Las siete en punto?

Maldijo en voz baja.

Se pasó una mano por el pelo y sobre el rostro sin afeitar, y sopesó sus opciones. La única que tenía sentido era esperar a que Jo regresara.

¿Acaso había estado ya allí? La cama estaba deshecha, prueba evidente de que dos personas habían dormido en ella. ¿Habría pasado la noche durmiendo?

Maldita fuera la diferencia horaria...

Hizo ademán de levantarse, pero se detuvo. Fuera quien fuera quien estuviese con Jo, a ésta no le haría ninguna gracia verlo aparecer en la cocina como si acabara de hacer el amor con ella.

Aunque no lo hubiera hecho.

Entonces creyó oír cómo se despedía de alguien y cómo una puerta se cerraba en la planta baja.

Se levantó y se acercó a la ventana. Entre las cortinas de encaje vio cómo el todoterreno se alejaba por el camino hasta perderse de vista.

El ruido metálico de un plato en el fregadero y los gritos de Callie.

—¡Jojojojojojo!

La curiosidad pudo con sus buenos modales. Se cepilló los dientes a toda prisa, se puso los pantalones y la camiseta y bajó a la cocina, sin saber qué encontraría.

—Ah, hola —dijo al ver a una mujer junto al fregadero, de espaldas a él.

La mujer se dio la vuelta y lo miró con unos ojos del mismo color que los de Jo. Durante unos momentos, ambos se observaron en silencio. Ella debía de tener más de sesenta años, pero su piel relucía tanto como la de Jo. Su pelo corto era una mezcla de blanco y rojo oscuro, y su cara estaba cubierta de arrugas, pero finamente esculpida.

No había duda de que era la madre de Jo.

—Dijo que serías como una estrella de cine —dijo ella.

Él parpadeó.

—¿Eso dijo? —no podía imaginar a Jo usando esa expresión para referirse a nadie, ni siquiera al hombre con quien se había acostado toda la noche.

—Bueno, dijo que lo parecerías cuando crecieras —corrigió la mujer. Se secó las manos con un trapo y se acercó a él—. Soy Alice Tremaine.

¿Cuando creciera?

Por supuesto... Eso lo había dicho su propia madre.

—Supongo que ya sabe quién soy.

—Cameron. El serio.

—¿Dónde está Jo? —preguntó, dirigiéndose hacia el parque de Callie. Se agachó con una sonrisa y le dio a la niña el dedo índice–. Eh, pequeña. ¿Cómo has dormido?

Sintió que la penetrante mirada de Alice seguía sus movimientos.

–Se ha ido a trabajar. Estaba pensando en llevarme a Callie a mi casa. Normalmente me quedo con ella unos cuantos días a la semana, para que Jo pueda descansar y hacer sus cosas. Pero no sé si debería llevármela. Jo me dijo que depende de ti.

Cameron se imaginó la casa sin un bebé. Una casa sin interrupciones.

–No cambie sus planes por mí. No estaré mucho tiempo aquí.

¿Cómo le habría explicado Jo a su madre que él había pasado la noche en su habitación? La mujer lo miraba duramente, pero al menos no le había apuntado con un arma para exigirle que se casara con su hija.

–Dijo que si alguno de sus hijos quería buscarla alguna vez, serías tú –dijo ella, volviendo a referirse a la madre de Cameron.

Él se pasó la mano por el pelo. ¿De verdad quería oír aquello?

Ella dio un paso adelante, con mirada crítica. Era una mujer tan pequeña que tuvo que levantar la cabeza para mirarlo a los ojos. Pero no parecía intimidada por su estatura.

–Nunca se pudo creer que no le dieras la oportunidad de contar su versión de los hechos.

Cameron levantó las manos, como si pudiera detenerla.

–Lo siento mucho. Es una historia muy vieja, señorita, señora…

–Al. Todo el mundo me llama Al. Un nombre masculino, al igual que Jo.

Él asintió. La llamaría como fuera con tal de no tener aquella conversación.

–Leí las cartas, Al. Sé lo que ocurrió. No puedo cambiar la historia, y seguramente sabrá que mi padre nos hizo creer una mentira.

–Entonces, ¿por qué estás aquí? –le preguntó, con una mirada tan intensa como la de Jo. Nadie podría ignorar una mirada así.

–He venido para conocer a Callie. Para ver dónde vive y asegurarme de que está bien –explicó. De ningún modo iba a revelarle más motivos ocultos… en el caso de que los hubiera.

–Has venido para averiguar cosas sobre tu madre.

–Y es lo que he hecho –admitió él–. Ahora mi único interés es el bienestar de mi sobrina. Y sabiendo que recibe todo el cariño del mundo, tengo que encontrar una manera para que Callie pueda quedarse con Jo.

–Entonces estás dispuesto a ir contra los deseos de tu madre.

Cameron le clavó la mirada.

–Mi… ¿A qué se refiere?

–Chris dejó un testamento. Un testamento explícito y detallado.

–¿Cómo dice?

–Te lo dejó todo a ti.

A Cameron se le hizo un nudo en la garganta.

–Pero yo no quiero nada, así que quizá pueda arreglarse para donar todo lo que dejó a una sociedad benéfica.

–No puedes donar a Callie a una sociedad benéfica.

¿Callie?

–Me temo que no la comprendo.

–Chris dejó estipulado que si algo le pasaba a Katie, fueras tú quien cuidara de Callie. Siempre temía que Katie hiciera alguna locura –añadió al ver la expresión incrédula de Cameron–. Y estaba muy preocupada por la seguridad de Callie.

Por un momento Cameron se preguntó si estaba en medio de su terremoto particular, porque casi perdió el equilibrio.

–Aunque así fuera, fue una medida inútil, pues las dos murieron al mismo tiempo.

–No, no murieron al mismo tiempo –dijo Al–. Chris fue llevada al hospital y murió cinco horas después de Katie. Durante esas cinco horas, la niña fue técnicamente suya.

Cameron intentó asimilar la información como un abogado, pero como hombre estaba aturdido.

–¿Por qué Jo no me contó esto?

–Ella no sabe nada de ese testamento. Yo soy la única persona que ha visto una copia.

–¿Cuándo pensaba decírselo? –consiguió preguntarle a Al.

–No voy a decírselo. El testamento dice que sólo podía contártelo a ti. En persona. Ni por teléfono ni por carta. He estado esperándote todo este tiempo.

–¿Y si no hubiera venido?

–Sabía que vendrías.

–¿Cómo estaba tan segura?

Al se encogió de hombros.

–Intuición femenina, supongo. Conocí muy bien a tu madre.

–Pero, ¿y si hubiera firmado el documento en Nueva York y nunca hubiera vuelto a ver a Jo?

Al agarró un bolso que estaba sobre la mesa de la cocina y sacó un billete de avión.

–Mi pasaje a Nueva York –dijo, y a continuación sacó una hoja plegada–. Y el testamento de Christine McGrath. Tu firma en ese documento es insignificante al lado de esto.

Cameron estaba absolutamente anonadado.

Si lo que Al decía era cierto, no sólo tendría que enfrentarse a sus hermanos, sino también a la última voluntad de su madre.

–Siéntate, Cameron –le ordenó Al, retirando una silla de la mesa–. Tengo un mensaje de tu madre.

Jo enfiló la última colina con el todoterreno, impaciente por llegar a casa tras una mañana de trabajo. Le había entregado el Toyota a su agradecido dueño y había aceptado otro encargo para la semana. Después, había cerrado el taller y había puesto rumbo a casa. Y a Cameron.

Con suerte él habría dormido lo bastante y habría accedido a que su madre se llevara a Callie por unos días. Esbozó una sonrisa maliciosa. A Cameron iba a sentarle muy bien aquella noche de descanso, porque ella pensaba dejarlo totalmente agotado.

Cualquier duda que hubiese tenido para hacer el amor con él desapareció en cuanto lo tuvo en sus brazos por la noche. Él durmió profunda y plácidamente, como un hombre en paz consigo mismo. Jo se negó a sentirse ofendida porque Cameron hubiera caído rendido antes de hacer el amor. La diferencia horaria era muy dura, y él parecía necesitar más el descanso que el sexo.

Aunque, pensando en su dureza masculina presionada contra ella, parecía necesitar el sexo tanto como el descanso. Una descarga de adrenalina se mezcló con sus ya revolucionadas hormonas, haciéndole pisar el acelerador.

Pero al cruzar la valla el corazón se le encogió. El coche blanco de alquiler había desaparecido, y su pequeña granja parecía... vacía. Al entrar vio confirmadas sus sospechas. Cameron se había ido.

Con un agudo dolor en el pecho, corrió al cuarto de invitados. Su bolsa tampoco estaba y el sofá cama estaba hecho. Llena de pánico, buscó una nota por todas partes. Una explicación. O la petición firmada, aunque se odió a sí misma por desear eso.

¿Cameron se había ido?

Permaneció de pie en medio de la cocina, intentando que no la invadiera una oleada de rencor y desilusión.

Los hombres siempre se marchaban.

Miró alrededor y vio que la bolsa que había preparado para Callie tampoco estaba. También faltaban sus juguetes y algunos biberones. Su madre debía de habérselo llevado todo.

¿Habrían hablado antes Cameron y ella? ¿Le habría dicho algo su madre que lo hizo salir corriendo? Llamó a su madre por teléfono, pero sólo respondió el contestador automático.

Colgó con un gruñido. Agarró una botella de agua, una gorra de béisbol y las gafas de sol y salió a dar un paseo por la montaña.

Durante una hora estuvo caminando sin pensar. Un pie delante del otro, paso a paso, mientras la piel se le iba cubriendo de sudor. Se fijó en sus botas sorteando las rocas del sendero, montaña arriba, escuchando tan sólo el trino de los pájaros que anidaban en los pinos y robles, intentando ignorar las preguntas que la acosaban.

Había estado más que dispuesta a acostarse con él. Deseaba a Cameron, como hacía años que no deseaba a nadie. Le gustaba. Lo respetaba. Ansiaba fundirse con él, sentir su cuerpo masculino dentro de ella...

Y de repente, como una visión celestial, lo vio. Tendido de espaldas en medio del claro, con una pierna doblada, las manos en la nuca y los ojos cerrados.

Cameron.

No se había marchado. Había ido a su sitio secreto. Jo se quedó petrificada, como una gacela mirando al cazador, incapaz de hablar hasta que el pulso recuperara su ritmo normal.

–¿Qué estás haciendo aquí? –le preguntó finalmente.

Si su voz lo sobresaltó, no lo pareció en absoluto.

–Pensar.

–¿Pensar? –repitió ella, sintiendo un alivio inmenso. Tuvo que contenerse para no ir corriendo hacia él.

Caminó lentamente hasta llegar a su lado y miró su cuerpo grande y esbelto. Llevaba una camiseta blanca con una F verde oscura bordada en el bolsillo y las palabras *Futura Investments* debajo, unos vaqueros desgastados y las botas que había calzado en la excursión del día anterior. No había ninguna manta ni mochila a la vista.

–¿En qué piensas?

Él la miró con ojos entornados.

–Estoy destrozado, Jo.

Ella se arrodilló a su lado.

–Bueno, pues estás de suerte –dijo, acariciándole el pelo–. Los destrozos son mi especialidad.

Él sonrió y cerró los ojos.

–He conocido a tu madre.

–¿Ha sido ella la que te ha destrozado?

–No intencionadamente –respondió él riendo.

Jo lo comprendió. Cameron había aceptado finalmente la verdad que se escondía tras la desaparición de su madre. Todos esos años la había juzgado erróneamente, incluso la había odiado. Ahora tenía que aceptar una versión nueva. No podía ser fácil.

Pero ella podía ayudarlo. Podía arreglarlo. Podía... amarlo, hablando figuradamente. Y empezaría con la verdad.

–Creía que te habías marchado.

Él se apoyó en un codo.

—¿Qué?

—No vi tu coche ni tus cosas y... pensé que habías vuelto a Nueva York.

—Mi bolsa está en tu habitación —dijo él lentamente—. ¿Ha sido muy presuntuoso por mi parte dejarla allí?

Ella negó con la cabeza. No le gustaba nada sentirse tan aliviada.

—No hay problema.

—Y mi coche está aparcado detrás de tu garaje.

—Oh, no lo he visto —ni siquiera había mirado. Simplemente había asumido que se había ido.

Él alargó el brazo y le acarició la mandíbula.

—Siento haberme quedado dormido anoche.

—Yo también lo siento —dijo ella, deleitándose con la fuerza de sus dedos.

—Tendrías que haberme despertado —tiró de su rostro hacia abajo.

—No me atreví. Estabas rendido.

—Tienes valor de sobra para despertarme, Jo.

Ella se inclinó hacia él.

—Me alegro mucho de que no te hayas marchado —confesó.

—Te dije que sería tuyo por una semana —le recordó él—. Ven aquí y bésame.

Jo no necesitó que se lo dijera dos veces.

El beso fue tan apasionado como el de la noche anterior, pero Cameron parecía distinto. Parecía más conectado a ella, más tierno y menos ávido. ¿O sería sólo su imaginación?

Se tumbó en la hierba junto a él, deleitándose con el aroma de las montañas que impregnaba su ropa y su piel. Sin dejar de besarla, él la colocó encima y ella lo montó a horcajadas.

Se quitó la gorra y el pelo le cayó suelto sobre los hombros, cubriendo el rostro de Cameron. Él aspiró su olor y llevó las manos hasta su cabeza, para luego bajar por la espalda hasta el trasero. Sin apenas esfuerzo se dio la vuelta y la atrapó bajo su cuerpo, entre sus muslos.

Ella le echó los brazos al cuello, pero él se mantuvo apoyado con una mano en la hierba, mientras llevaba la otra hacia su blusa de algodón.

–Hoy vas muy elegante, Jo.

¿Una blusa caqui con botones? Hasta el momento sólo la había visto con vaqueros y camisetas con corchetes. Y con shorts.

–Tenía que ver a un cliente.

Él le desabrochó el primer botón y ella contuvo la respiración.

–¿Alguna vez ha subido alguien aquí?

–No. Este lugar es sólo mío. Me pertenece.

–¿Te pertenece? –preguntó él con los ojos muy abiertos.

–Sí. Es mi montaña. Mi arroyo. Mis árboles.

–Dios mío –susurró él, besándola mientras le desabrochaba los dos botones siguientes–. Eres preciosa, lista, sexy y tienes tu propia montaña.

–Si me gustara el béisbol, sería perfecta.

Él le abrió la blusa, revelando un sujetador de seda con cierre frontal.

–Yo te enseñaré –le soltó la prenda con un clic–. Y eres perfecta –dijo con voz ronca, agachando la cabeza hacia sus pechos.

Llamas de pasión incontrolado recorrieron a Jo por todo el cuerpo. Levantó las caderas y se frotó contra él. La boca de Cameron se movía por sus pechos, lamiendo y besando, llevándola al límite donde se mezclaban el placer, el dolor, la necesidad y el deseo.

Le quitó la blusa y el sujetador, dejándola desnuda de cintura para arriba. Ella tiró de su camiseta sobre la cabeza y la arrojó a la hierba.

Soltó un gemido cuando el musculoso pecho de

Cameron tocó sus senos desnudos. El vello le hizo cosquillas en los pezones hipersensibles, y los besos se hicieron más frenéticos.

–Déjame verte –murmuraba él mientras le desabrochaba los pantalones–. Déjame probarte.

Le bajó la cremallera y le deslizó una mano en las braguitas. A ella se le escapó un jadeo de placer y se meció contra sus dedos. Él le bajó los pantalones hasta las rodillas y ella se quitó las botas. La hierba le hizo cosquillas en los muslos, así que levantó las piernas y él descendió con la boca por su estómago, acariciándola con la lengua. Al llegar a las braguitas, siguió por el borde del encaje, buscando una entrada...

Jo pensó que iba a morir de tanto placer. El calor y la humedad le empapaban la entrepierna, haciéndole perder el poco control que le quedaba. Hundió las manos en los cabellos de Cameron y levantó las caderas exigiendo más.

Él le quitó las braguitas y la besó en el estómago y en la cintura.

–Déjame ver tu caballo –le pidió, moviéndola ligeramente.

Le besó el tatuaje y le trazó el diseño con su mágica lengua.

–Mustang Sally –susurró contra su piel.

Ella cerró los ojos, sintiéndose como una tonta, y bendijo a Katie por convencerla para que hiciera lo que en su tiempo le parecieron locuras.

Entonces él pasó a la parte frontal y usó aquella lengua pecaminosa y torturadora entre sus piernas, alrededor del clítoris, cada vez más rápido, hasta que ella se oyó a sí misma jadear sin aliento y exclamar su nombre con voz temblorosa.

Antes de que pudiera recuperarse, él la estaba besando subiendo hacia su boca, susurrando promesas por el camino.

–Ahora me toca a mí, Cam –dijo ella, intentando desabrocharle los vaqueros.

Él negó con la cabeza.

–Nena, tengo que estar dentro de ti. Sin más remedio –dejó escapar las palabras con un gruñido mientras ella le abría los vaqueros–. Mete la mano en mi bolsillo trasero –le ordenó.

Ella obedeció, deleitándose con la dureza de sus nalgas contra la punta de los dedos, y encontró un envoltorio.

–Vas tan preparado como un Boy Scout –dijo, sorprendida.

Él se echó a reír y, agarrándole la mano, la guió hasta su miembro.

El placer lo inundó en cuanto los dedos de Jo se cerraron en torno a su carne. Ella gimió y empezó a acariciarle el sexo en toda su longitud, tan ligeramente que a Cameron se le hizo un nudo de deseo en la garganta.

Empleando su fuerza de voluntad hasta el límite, consiguió no explotar y se quitó los vaqueros y los calzoncillos mientras rasgaba el envoltorio del preservativo con los dientes.

La creciente necesidad de hundirse en ella casi le impedía mover las manos. Jo debió de notarlo, porque le quitó el preservativo y lo hizo tumbarse de espaldas.

–Déjame a mí –se ofreció, y volvió a montarse a horcajadas sobre él, desnuda y gloriosa, con el pelo cayéndole por los hombros como una especie de ninfa de las montañas.

Cameron apretó los dientes mientras ella desenrollaba el preservativo a lo largo del miembro, torturándolo con un ligero apretón.

Jo se colocó encima, clavándole la mirada. Él susurró su nombre, empapándose con la visión de sus pezones rosados y su boca dulce y sensual. Ella lo agarró por los hombros y apretó, lista para abrirse a él.

—Me haces sentir increíblemente femenina —susurró, con una expresión de maravilla y placer—. ¿Cómo lo haces?

—¿Me tomas el pelo? —dijo él, pasando las manos por sus caderas y glúteos, guiándola sin apartar la mirada de sus ojos cobrizos—. Eres la mujer más femenina y hermosa que he conocido nunca.

La tumbó sobre la hierba y se colocó encima de ella. Su erección se deslizó con facilidad en la fuente de humedad que manaba de su entrepierna.

—Femenina, hermosa, y me moriré si no estoy dentro de ti.

Le levantó las caderas y la penetró.

Soltó un gemido ronco y cerró los ojos, perdido en la inmensidad de las montañas y en los infinitos placeres del cuerpo de Jo.

Se apoyó en los brazos y bajó la mirada al vértice donde ambos estaban conectados. Con cada embestida, el ritmo se incrementaba y sus respiraciones se hacían más laboriosas. El sudor le empapó las mejillas y se inclinó para volver a besarla. Quería estar conectado con ella en todos los niveles posibles.

Ella se tensó en torno a él, estremeciéndose mientras le clavaba los dedos en los hombros, hasta explotar de puro éxtasis. Finalmente, la agonía y el placer fueron demasiado intensos para resistirlos y Cameron cedió a la presión que le atenazaba la ingle y el corazón, besando a Jo en la boca y repitiendo su nombre hasta vaciarse por completo en su interior.

Capítulo Diez

Como Cameron había sospechado, su teléfono móvil empezó a sonar al minuto de haberles enviado a sus hermanos un e-mail informándolos del testamento de su madre. Había conseguido ignorarlos durante dos días. Dos días increíbles y maravillosos en los que se había olvidado de todo menos de los placeres de Jo Ellen Tremaine. Pero sabía que no podía posponer más el dilema. Ni con sus hermanos ni con su amante.

Hablaría con Jo aquella noche.

Pero ahora... ni siquiera tuvo que mirar el identificador de llamada para saber quién lo estaba acosando. O Colin o Quinn. O quizá los dos a la vez.

Agarró el teléfono, sabiendo que tenía al menos diez minutos antes de que Jo regresara del taller. Aún les quedaba una noche y medio día a solas en la casa, y ella le había prometido una sorpresa. A Cameron se le tensaba todo el cuerpo al pensar en las infinitas posibilidades. ¿Otra excursión a la montaña? ¿Otro baño erótico de tres horas en la vieja bañera? ¿Otra visita al asiento trasero del Mustang?

Ni siquiera tuvo tiempo de saludar cuando pulsó el botón para responder a la llamada.

—¿Puedes traer el bebé a casa o tenemos que ir a ayudarte? —preguntó la voz de Quinn, en un tono mucho más serio de lo habitual.

Cameron tragó saliva y se contuvo para no maldecir.

–Aún no lo he decidido.

–Pues tenemos que saberlo sin pérdida de tiempo. Nic está comprando cunas y esas cosas. Tengo que conseguir los billetes de avión, y Colin también quiere venir.

–Creo que es un poco prematuro, hermano –dijo Cameron, sintiéndose un poco disgustado.

–¿Prematuro? Dijiste que la última voluntad de mamá era clara y definitiva.

¿Mamá? Nunca había oído a Quinn llamar así a su madre.

–Hemos hablado de todo esto y papá ha admitido que la historia es cierta –siguió Quinn–. Francamente, se ha quitado un gran peso de encima. Parece un hombre nuevo.

Cameron abrió la boca para hablar, pero su hermano no le dio tiempo.

–No hay necesidad de esperar. La niña es una McGrath. Sé que mamá te especificó a ti, pero lo que quería era que Callie fuese de la familia. Estaremos ahí el sábado.

–¿El sábado?

–Oye, deberías saber que Colin y Grace también quieren criarla. Y si quieres que nos la repartamos entre los tres, podemos hacerlo. Yo sólo…

–Para, Quinn –lo cortó Cameron, haciendo un esfuerzo por calmarse–. Es una niña, no… no un maldito pastel que se pueda dividir. ¡Es una niña!

Quinn se quedó callado durante unos momentos.

–Lo sé, Cam –dijo finalmente–. Sólo queremos hacer lo correcto.

–Entonces quedaos en casa.

–¿Qué? ¿Has cambiado de opinión? ¿Ahora quieres ir contra la voluntad de nuestra madre? Ella quería que Callie fuera una McGrath, no una… ¿cómo se llama esa chica?

A Cameron le hirvió la sangre en las venas, pero volvió a hacer un esfuerzo supremo por controlarse.

—Tremaine. Su nombre es Jo Ellen Tremaine. Y es una mujer extraordinaria que será una madre maravillosa para nuestra sobrina.

—Oh.

¿Oh? Ésa no era la respuesta que Cameron había esperado.

—¿Qué quieres decir con «oh»?

—Quiero decir que no había pensado que pudieras enamorarte de ella.

—¿Enamorado? ¿De qué demonios estás hablando?

—Creía que sólo te estabas divirtiendo.

Y se estaba divirtiendo, sin duda.

—Sé por lo que estás pasando, hermano —siguió Quinn—. Es como estar subido en una montaña rusa. No sabes si es más peligroso saltar y arriesgarse a morir o permanecer aferrado y perder todo lo que considerabas importante.

Cameron no pudo evitar una sonrisa.

—En esa metáfora tan brutal debe de haber una pizca de sabiduría.

—Por supuesto que la hay. Yo he pasado por eso. Que no te asuste aceptar un consejo de tu hermano menor.

—No necesito ningún consejo —mintió Cameron.

—¿Cómo te hace sentirte ella?

—Curado.

—¿Ah, sí? —dijo Quinn con una risa irónica—. Y se suponía que eras tú quien iba a curar las heridas de todos.

—No sé si va a funcionar de este modo, hermano. En algún momento, alguien resultará herido. Por mi culpa.

—Nosotros también queremos a Callie, Cam. Podemos amarla y cuidar de ella. Pertenece a la familia –no había acusación ni crítica en la voz de Quinn. Sólo la declaración de un hecho indiscutible.

Cameron oyó el ruido de un motor acercándose y miró por la ventana para ver a Jo al volante del todoterreno. Le dio un vuelco el estómago... como si estuviera en una montaña rusa.

–Quizá encuentre otra solución. Necesito un día más –dijo, aunque en realidad necesitaba mucho más. Necesitaba...

Ni siquiera quería pensar en cuánto tiempo necesitaría con Jo.

–Vamos a seguir adelante con nuestros planes –dijo Quinn.

Cameron colgó sin despedirse, con la mirada fija en Jo mientras ésta aparcaba el todoterreno.

Por un momento Jo se quedó sentada, mirando al frente.

¿En qué estaría pensando?

¿Y qué pensaría cuando él le contara finalmente la conversación con su madre... sobre la última voluntad de su propia madre? Lo había intentando, pero las palabras se le habían atascado en la garganta una docena de veces en los dos últimos días y noches. Sin embargo, ella había intuido que algo iba mal... y se había puesto a arreglarlo.

Y, verdaderamente, aquella mujer sabía cómo arreglar las cosas.

A él lo había arreglado masajeándole la espalda con sus increíbles manos, tocándole cada célula de su cuerpo hasta hacerlo gemir de satisfacción y deseo. Lo había arreglado con su boca dulce y sensual, con unos besos que le derretían el cerebro y unas palabras que le aliviaban el corazón. Lo había arreglado con su buen humor, mezclado con su sinceridad, sarcasmo e interés.

Y, cielos, lo había arreglado recibiéndolo en su interior, cerrando su cuerpo en torno al suyo y gritando su nombre mientras cabalgaba como una centella sobre él.

No recordaba haberse sentido nunca tan completo, tan nuevo y tan... «reparado». ¿Sería aquello amor? ¿Realmente se había enamorado de ella, como Quinn había insinuado?

No podía ser. Si la amara, no estaría pensando en destruir la fe que ella tenía en él y en la humanidad.

La puerta del todoterreno se abrió y Cameron se quedó sin aire al ver lo que salía del coche.

Una pierna larga y apetitosa, y luego otra. Sobre los zapatos de tacón negros más sensuales que Cameron había visto en su vida. Subió la mirada por aquellas interminables piernas hasta la minifalda negra que ceñía los muslos. Y más arriba aún, al jersey ligero y blanco que se ajustaba a sus pechos perfectos. Llevaba el pelo suelto, sobre los hombros. Cerró la puerta del vehículo y caminó hacia la casa como una modelo en una pasarela. Cameron se quedó con la boca abierta al ver el sensual movimiento de sus caderas.

¿Una marimacho? Aquella mujer era arrebatadoramente femenina.

Enmudecido, abrió la puerta para recibirla.

—¿Qué te pasa, McGrath? —le preguntó ella alegremente, alargando una mano para cerrarle la boca—. ¿Nunca has visto a una mujer maquillada?

—Cielos —consiguió decir él—. No sé lo que tendrás pensado para esta noche, pero creo que debería cambiarme de ropa.

Ella se fijó en su jersey y en sus pantalones caquis.

—¿Y qué te vas a poner? ¿Una camiseta de los Yankees? Estás muy bien así.

Él retrocedió para dejarla pasar y aspiró su fragancia exótica.

–¿Adónde vamos a ir?

–Es una sorpresa –respondió ella mientras abría el cajón de un viejo aparador de roble.

–¿Otra sorpresa? –preguntó él, sin apartar la vista de la minifalda–. Pensé… que la sorpresa era esta ropa.

Ella se tocó el dobladillo de la falda con la punta de los dedos.

–¿Esto? Oh, sólo es algo que tu hermana eligió para mí –le hizo un guiño y sacó un manojo de llaves del cajón–. Puedes conducir mi Mustang.

–Katie me dijo que estos zapatos eran mágicos –le confesó Jo a Cameron, cruzándose sensualmente de piernas en el asiento de cuero del Mustang. Le encantaba sentir las tiras y los altos tacones, y cómo sus piernas se endurecían al andar. Y, por supuesto, le encantaban las miradas de Cameron.

Sí, realmente tenía que vestir así más a menudo.

–Tú eres mágica con ellos puestos –dijo él–. Ésa es la diferencia.

–Como tú digas, letrado –se burló ella–. Cuando llegues a la ciudad, gira a la izquierda en Carvel y sigue hacia el sur.

–¿Adónde vamos?

Ella miró su reloj.

–Confía en mí; no querrás llegar tarde.

Una sensación deliciosa la recorrió, como si hubiera tomado demasiadas cervezas. Aunque la resaca sería igual de desagradable cuando él se marchara. Pero de momento quería aprovechar la situación al máximo.

Mientras él conducía por la ciudad, ella se relajó

y recordó todos los momentos maravillosos. Desde que se fundieron en la montaña, no había parado de revolcarse en el placer. En un placer físico, emocional, e incluso espiritual. Sabía que había ayudado enormemente a Cameron a enfrentarse con su pasado, y aquella tarde mientras se cambiaba de ropa en el taller, se había dado cuenta de que él también la había ayudado.

–Sé que piensas que estaba celosa de ella –dijo suavemente, sorprendiéndose a sí misma con la confesión–. Y, en cierto modo, siempre lo estuve.

–¿Celosa? ¿De Katie? –preguntó él, mirándola–. Yo no lo llamaría celos. Más bien rivalidad fraternal.

–Ella era como mi hermana –dijo Jo, mirando por la ventanilla y viendo la preciosa sonrisa de Katie y sus brillantes ojos pardos–. Me pasé una gran parte de mi vida sacándola de apuros. Y al final… –se calló y cerró los ojos.

–No pudiste salvarla de la peor desgracia de todas –dijo él, cerrando la mano sobre su pierna–. No lo has aceptado, y sigues furiosa con ella por haber muerto sin darte la oportunidad de salvarla.

Ella giró la cabeza y lo miró con incredulidad.

–Vaya, ¿quién es el psiquiatra ahora?

–Las personas cambian –dijo él apretándole la mano–. Y maduran. Y aprenden las unas de las otras.

Jo se preguntó si Cameron pudo oír el vuelco que le dio el corazón por ese comentario.

–Es verdad, Cam –respondió, y señaló un letrero luminoso amarillo sobre la entrada de The Sports Section–. Y para demostrarlo, aparca allí.

–¿Allí? ¿Qué es eso?

–Un bar –le dio un golpecito a su reloj–. El primer lanzamiento es dentro de cinco minutos, así que será mejor que te apresures si no quieres perderte a Mussina en acción. He oído que es… –bajó la voz y adoptó el acento neoyorquino– alucinante.

Cameron puso los ojos como platos y esbozó una sonrisa tan cálida que podría fundir la nieve del Mount Shasta.

–¿Se puede ver el partido aquí?
–Los chicos a rayas juegan contra los A's esta noche –apuntó hacia el bar–. Podrás verlo vía satélite aquí, en el edificio que alguien, pero no Babe Ruth, construyó en 1976.

Él tiró de su rostro hacia el suyo y la besó con tanta pasión que le borró todo el pintalabios.

–Quinn tiene razón –le dijo al interrumpir el beso–. Estoy enamorado de ti.

Antes de que ella pudiera abrir los ojos, salió del coche y lo rodeó para abrirle la puerta.

¿Estaba enamorado de ella?

A Jo se le aceleró el corazón mientras oía una y otra vez las palabras en su cabeza. ¿Enamorado de ella?

Pero entonces el corazón tropezó con el siguiente pensamiento.

¿Por qué había estado Cameron hablando con su hermano?

Cameron no volvió a hablar de su enamoramiento, ni de Quinn, durante las horas siguientes. Jo intentó olvidar sus palabras y concentrarse en el partido y compartir el entusiasmo de Cameron por la victoria de su equipo. Bebieron unas cuantas cervezas, comieron hamburguesas, gritaron y aplaudieron y celebraron cada jugada con un beso.

Nada había cambiado.

Salvo que Cameron le había dicho que estaba enamorado de ella.

Santo Dios… ¿Y ahora qué?

Cuando volvieron a casa y metieron el Mustang en el garaje, Cameron se volvió hacia ella con una mirada de pura lascivia.

–Me encanta que me hayas llevado a ver el partido –le dijo–. Me encanta tu ropa –añadió, pasándole un dedo por la pierna hacia la cara interna del muslo–. Y me encantará ver cómo esta noche te la quitas toda.

Ella tragó saliva con dificultad cuando un calor familiar empezó a abrasarle la carne.

–¿Toda? –consiguió preguntar.

–Déjate puestos los zapatos.

Jo echó la cabeza hacia atrás y se rió, pero él la hizo callar con otro beso arrebatador.

–Vamos, nena –susurró, prodigándole besos por el cuello y extendiendo las palmas sobre sus pechos–. Vamos a la cama.

–¿A la cama? –repitió ella en tono burlón–. ¿No te parece muy vulgar?

Él negó con la cabeza y metió la mano por su escote para tocarle un pezón.

–Vulgar no. Tradicional. Esta noche quiero ser tradicional.

–¿Sin quitarme los zapatos?

–Tradicional con una pequeña excepción.

Siguió besándola y acariciándola de camino al dormitorio. Jo se concentró en el placer para intentar no pensar en las palabras que él había formulado antes.

No era amor. No era amor... Sólo deseo. Siempre tendrían a Callie para mantener el contacto, pero si se permitía amarlo, ¿cómo podría soportar que se subiera a un avión y se alejara? Se moriría por él.

Ignorando las alarmas que sonaban en su cabeza, dejó que la llevara al dormitorio a oscuras y que encendiera la lamparita de la cómoda. La débil luz iluminó la habitación con un suave resplandor dorado. Jo lo empujó a los pies de la cama y permaneció de pie mientras él se sentaba y la miraba.

Dio un paso atrás, lejos de su alcance, pero no de su mirada.

En silencio, comenzó a desnudarse.

Cameron bajó la mirada y se quedó con la boca abierta.

Ella se quitó lentamente el jersey blanco y lo dejó caer al suelo. Sacudió la cabeza para que el pelo le cayera por los hombros.

A continuación, se tocó con un dedo el cierre frontal del sujetador, humedeciéndose los labios con la lengua.

−Eres… −balbuceó Cameron−. Eres demasiado sexy.

Una sensación salvaje la inundó. Poder. Peligro. Sexo.

Y si era aquello lo que se sentía al ser una mujer femenina y atrevida, lo sería para el resto de su vida. Consiguió no sonreír por el regocijo de su descubrimiento mientras se quitaba el sujetador y le mostraba los pechos a Cameron.

Él se la comía con los ojos, llenos de lujuria desatada. Jo se deslizó la falda por las caderas, y mientras lo hacía, movida por una vena femenina desconocida hasta entonces, se dio la vuelta y se inclinó lentamente. Lo justo para oírlo gemir. Lo justo para mostrar su tanga negro y altos tacones.

Y el tatuaje.

−Eso sí que es una excepción en lo tradicional −dijo él con voz ronca−. Ni se te ocurra quitarte los zapatos.

Ella se acarició lentamente las piernas hasta erguirse por completo y se giró hacia él, tocándose los endurecidos pezones con la punta de los dedos.

Dio dos pasos hacia él, le rodeó el cuello con los brazos y le ofreció el pecho.

Lo oyó maldecir en voz baja y sintió cómo su boca se cerraba en torno a un pecho y cómo la mano le tomaba el otro. Sus labios eran como fuego líquido sobre su piel. Enterró los dedos en sus cabellos y se presionó contra él.

Lo besó en la cabeza, ardiendo por el deseo de compartir su recién descubierta feminidad.

–Cam –susurró, haciéndole levantar el rostro–, tengo que decirte una cosa.

Él la soltó y la miró a los ojos.

–¿Qué, Jo? ¿Qué tienes que decirme?

Parecía expectante, como si supiera lo que iba a decirle.

–En el fondo no soy una marimacho.

Él echó la cabeza hacia atrás y soltó una carcajada.

–¿Cómo lo has sabido?

–En serio –insistió ella, tumbándolo de espaldas–. Nunca pensé que pudiera ser tan femenina. Después de todo, soy una experta en reparar colisiones.

–Desde luego –dijo él en voz baja y seria–. A mí me has reparado.

La mirada de Cameron la dejó sin respiración.

–¿Sí?

Él asintió, tirando suavemente de ella.

–Nunca me había sentido tan completo en mi vida, Jo. El dolor ha desaparecido.

Sus palabras le sonaron a Jo como música celestial.

–Te dije que los destrozos eran mi especialidad –susurró, acariciándole la mandíbula.

Él llevó las manos hasta su trasero y le agarró la tira del tanga.

–Eres muy, muy buena en lo que haces, Jo Tremaine.

–Aún no he acabado –dijo ella con una sonrisa maliciosa.

Lentamente, le desabrochó el cinturón y los pantalones y se los quitó. Él se quitó los zapatos y los calzoncillos y tiró de la camiseta por encima de su cabeza.

–Déjame a mí –le pidió ella, y empezó a prodigarle besos sobre el musculoso pecho. Le lamió los abdominales y le agarró el miembro con las dos manos.

–Oh... –gimió él, retorciéndose.

La lengua de Jo se precipitó sobre el extremo aterciopelado para saborear su deliciosa esencia salada. Lentamente se introdujo el miembro en la boca. Un gemido ronco retumbó en el pecho de Cameron.

Jo volvió a sentir la misma sensación de poder femenino, embargándola, llenándola de deseo. Lo torturó con la lengua y los dientes, y sobre los frenéticos latidos de su corazón lo oyó pronunciar su nombre y suplicar más.

Lo tranquilizó poniéndole una mano en el estómago mientras con la otra acompañaba a sus labios, consumiéndolo implacablemente.

De pronto, él le apretó los hombros.

–Espera –dijo, agarrándola bajo los brazos para levantarla.

–Estoy ocupada –protestó ella intentando parecer enfadada, pero él no bromeaba. Su expresión era muy seria–. ¿Qué pasa, Cam?

Él negó con la cabeza, como si no pudiera hablar.

–Quiero hacer el amor contigo –susurró finalmente.

–¿No es eso lo que estamos haciendo?

Él casi sonrió.

–Me estás dando placer.

—De eso se trata, letrado. ¿Tienes que aclarar cada punto?

—Quiero hacer el amor contigo —esa vez lo dijo muy lentamente, enfatizando la palabra «amor»—. Quiero demostrarte que... —la voz se le quebró y entornó los ojos.

Y a Jo se le detuvo el corazón.

Antes de que él pudiera decirlo, lo besó, frotándose contra su erección con la esperanza de que no dijera lo que la aterrorizaba oír.

Si la amaba, le haría demasiado daño al dejarla.

Alargó el brazo hacia la mesilla y agarró uno de los pocos preservativos que quedaban.

—De acuerdo —accedió—. Tú ganas.

Abrió el envoltorio con los dientes y le mantuvo la mirada a Cameron mientras le deslizaba el látex con pericia y rapidez. Entonces se sentó sobre él y echó la cabeza hacia atrás al tiempo que Cameron la penetraba.

El pelo le hizo cosquillas en la espalda, y sintió los dedos de Cameron entrelazados en los cabellos. Quería que la agarrara por las caderas y la moviera frenéticamente.

Pero él estaba cambiando las reglas. Su mirada ardía de deseo, pero la hizo descender hasta que sus pechos se tocaron y le besó.

—Despacio, cariño —le pidió—. Despacio.

Para enfatizarlo, siguió con la lengua el ritmo de su cuerpo. Se meció suavemente contra Jo, para luego detenerse y apretarla fuertemente contra él, penetrándola hasta los confines más recónditos de su cuerpo.

—Jo Ellen —susurró—. Escúchame.

—¿Sí?

—Te quiero.

A Jo se le escapó un gemido de la garganta.

«No, Cam. No me hagas esto. No lo pongas más difícil».

Pero no pudo decir nada. Se limitó a apretarse más contra su cuerpo y él le apretó las caderas.

—¿Me has oído? —le preguntó dulcemente.

Ella se retorció, dejando que aquella increíble sensación lo borrase todo. Todo el sentido común. Todo el dolor. Todo excepto el deseo de seguir moviéndose hasta perderse en el erotismo más exquisito.

El placer se arremolinó en su interior, haciéndola tensarse alrededor de la erección. Le apretó las caderas con las piernas, y él la dejó moverse a su ritmo, cada vez más intenso y rápido.

Jo mantuvo los ojos fuertemente cerrados y oyó su propia respiración entrecortada y a ella misma susurrando su nombre.

Y lo oyó repetir aquellas palabras mortales.

—Te quiero... Te quiero, Jo.

La presión fue incontenible. A Jo se le contrajo todo el cuerpo en un instante de tensión infinita, y entonces una inmensa ola de alivio la anegó por completo, meciéndola hasta perderla en una marea de satisfacción absoluta.

Justo entonces él empujó por última vez, con toda su furia, y un largo y agonizante gemido salió de su pecho al llegar al orgasmo.

El sudor se mezcló con las lágrimas y la saliva sobre las mejillas de Jo, que enterró la cara en su cuello y escuchó las palabras que resonaban en su cabeza.

«Yo también te quiero».

Pero se negó a pronunciarlas en voz alta.

Capítulo Once

Cameron no podía seguir posponiendo el inevitable momento de la verdad. Tenía que hacer lo correcto. Tenía que sanar la herida de los McGrath, por mucho que le doliera a Jo.

¿Sería posible que ella lo entendiese? ¿Podrían llegar a un compromiso? ¿Habría algún modo de que pudiera permanecer en la vida de Callie sin contradecir los deseos de su madre y sus hermanos?

Esperó hasta que ambos hubieran recuperado la respiración y la apretó contra su pecho.

–Jo, tengo que contarte algo.

–No quiero hablar –dijo ella medio dormida, y se sentó para quitarse los zapatos–. Necesito meterme bajo las sábanas. Tengo frío y estoy cansada.

–Debo decirte una cosa que no va a gustarte –insistió él mientras la veía acostarse.

Si no le hablaba ahora del testamento de su madre, sería el hombre más mentiroso e inmoral del mundo. Sabía que a Jo la habían abandonado su marido y su padre. Si no se sinceraba con ella, su desconfianza hacia los hombres crecería hasta límites irreversibles.

Respiró hondo antes de soltar la confesión.

–Mi madre dejó un testamento.

Al instante sintió cómo Jo se ponía rígida.

–Dejó estipulado que si algo le pasaba mientras estuviera a cargo de Callie, la custodia de la niña debería recaer sobre mí –tragó saliva, odiando el tono de abogado con el que había hablado.

Ella se irguió lentamente hasta sentarse.

–¿Cómo?

–Tu madre me enseñó el testamento.

–¿Qué estás diciendo? ¿Qué diferencia supone? Tu madre y Katie murieron.

–Mi madre sobrevivió unas horas tras la muerte de Katie, Jo –dijo él con toda la suavidad que pudo–. Técnicamente, lo que previó se cumplió.

–¡Tu madre dijo eso porque Katie era una imprudente! –exclamó Jo–. Era inmadura y propensa a tomar decisiones absurdas. Tu madre pensaba que Katie debía irse de la ciudad si no soportaba la presión de ser madre, y estaba muy preocupada por Callie. No porque pensara que... que... ¡Oh! –ocultó el rostro entre las manos y dejó escapar un gemido–. Ni aunque pensara que yo no sería una buena madre.

–¿Qué? –preguntó él, poniéndole las manos en los hombros–. ¿De qué estás hablando?

–Siempre estaban bromeando sobre eso. Decían que yo era una marimacho, que no tenía instinto maternal, que sólo se me daba bien el trabajo de un hombre –soltó un resoplido de frustración–. En el fondo, tía Chris no creía que yo pudiera ser una buena madre para Callie.

–No, no –negó él, intentando abrazarla–. Ella pensaba que Callie volvería a unir a nuestra familia, y que así se cerrarían finalmente las heridas que provocó mi padre por culpa de su estupidez.

Los ojos de Jo relampaguearon.

–¿Y lo crees? ¿Lo crees de verdad?

–Ya no sé qué creer –admitió él–. Sólo sé que... –volvió a respirar hondo–. Mis hermanos vienen el sábado para llevarse a Callie.

Jo dio un respingo en la cama. El dolor era visible en su rostro, a pesar de la tenue iluminación.

–Pero yo no estoy de acuerdo, Jo. Y...

–Cállate, Cam –lo interrumpió ella, saliendo de la cama–. No digas una palabra más.

Abrió el armario y sacó unos vaqueros y una camiseta. Él empezó a levantarse lentamente, pero ella se giró y extendió una mano.

−Quieto. No te muevas. No hables.

Él se quedó helado y vio cómo se calzaba unas pequeñas botas marrones.

Aquélla era su sentencia. Su castigo. Pero, ¿le daría ella alguna oportunidad? Lo único que quería hacer era arreglarlo todo y estar con ella.

Casarse y criar juntos a Callie.

La idea lo dejó aturdido. Santo Dios, eso era lo que quería. Intentó decírselo a Jo, declararse… pero ella alzó las dos manos.

−Me voy. Cuando vuelva, no quiero verte aquí. ¿Entendido?

Él se limitó a mirarla. Sabía que si en ese momento le pedía matrimonio, ella se echaría a reír. Aunque la proposición fuera totalmente en serio. Estaba dispuesto a dejar su trabajo y su apartamento. Quería vivir allí, en las montañas, con Jo y con Callie y…

−¿Entendido? −repitió ella−. Cuando vuelva con Callie por la mañana, no quiero verte aquí.

−Jo, escúchame. Estoy…

−Fuera −espetó ella apretando la mandíbula−. Y no se te ocurra volver a hablarme de amor.

Sin decir más, salió de la habitación y bajó las escaleras. Cameron oyó cómo arrancaba el todoterreno y se alejaba a toda velocidad, levantando la gravilla del camino.

Antes de recoger sus cosas, escribió un largo e-mail a Colin y a Quinn, esperando que lo leyeran antes de acostarse aquella noche. Necesitaban saber su postura.

Lo primero que quiso hacer Jo al llegar a casa de su madre fue despertar a Callie.

—¿Qué estás haciendo, Jo? —le preguntó Alice en tono severo—. Le di un biberón hace una hora. No te atrevas a despertarla.

Pero Jo ignoró a su madre y se inclinó sobre la cuna portátil. Callie se retorció y gorjeó, pero enseguida se acurrucó en su brazo.

—Hola, cariño. Te he echado de menos —le susurró, besándole los rizos y cerrando los ojos para aspirar aquel olor infantil que tanto le gustaba.

Su madre se apoyó contra el marco de la puerta y Jo la fulminó con la mirada. Ella formaba parte de aquella conspiración, tanto como tía Chris y sus hijos.

—Van a llevársela —dijo, sentándose en la cama y abrazando con fuerza a Callie.

—Me lo figuraba —respondió Alice asintiendo.

—¿Por qué me haces esto? —espetó Jo—. ¿Por qué se lo haces a Callie?

—Cariño, yo no te estoy haciendo nada.

Se sentó en la cama y Jo apartó instintivamente a Callie. Los ojos de su madre se llenaron de dolor.

—¿No? Ni siquiera me hablaste de ese testamento. Pero sí se lo dijiste a él.

—Cielo, eso era lo que tía Chris quería —dijo su madre con un suspiro—. Tienes que entender una cosa. Durante los últimos veintiséis años, he cargado con el secreto de Chris McGrath. Lo único que quería para su hija era que conociese a sus hijos. Pero éstos la odiaban tanto que temía que rechazaran a Katie. Así que esperó y esperó.

—Esperó demasiado —dijo Jo—. En cualquier caso, ahora está muerta. Sus hijos habrían amado a Katie tanto como nosotras —sintió que se le encogía el corazón y apretó un poco más a Callie contra su pecho.

—Sí, esperó demasiado —corroboró su madre, tocándole la cabeza a Callie—. Pero debía respetar su deseo. Era mi mejor amiga. Mi amiga más íntima y querida. Acudió en mi ayuda tanto como yo acudí en la suya. Cuando tu padre se marchó me quedé destrozada, sin saber cómo iba a cuidar yo sola de ti. Y entonces ella apareció en Sierra Springs y nos convertimos en amigas inseparables.

Jo se giró para mirarla.

–Eso está muy bien, mamá. Y lo respeto. Pero ¿de verdad crees que Callie pertenece a los McGrath y no a nosotras?

Alice respiró hondo.

–Obviamente, Chris creía que la niña pertenece a sus parientes sanguíneos. Su familia había sufrido un trauma, y parece que a estos chicos les ha costado muchos años recuperarse y encontrar la felicidad, como me dijo tu Cameron el otro día.

–Él no es mi Cameron –corrigió Jo–. Pero, ¿qué pasa con Katie? Era la madre de Callie. ¿Habría querido que su hija fuese criada por desconocidos, aunque fuesen parientes?

–Es una buena pregunta –concedió Alice–. Pero ya sabes cómo era Katie. Siempre buscando que un hombre fuera el padre que nunca tuvo. Sospecho que si hubiese sabido que tenía tres hermanos que podían quererla, habría sido más feliz de lo que fue con sus cortos idilios a lo largo de los años.

Jo asintió en silencio. Katie habría adorado a Cameron. Y él a ella. La habría puesto en el camino correcto... en lo que Jo había fracasado.

Se le formó un doloroso nudo en la garganta e intentó deshacerlo besando a Callie.

Tal vez no estuviera hecha para ser madre. Ni femenina.

Sólo una marimacho experta en reparar colisiones.

Y quizá el destino de Callie estuviera más atado a los McGrath de lo que quería admitir.

Una lágrima resbaló por su mejilla y cayó sobre la frente de Callie. La niña se movió y abrió los ojos. Por un momento las dos se miraron. Y entonces Callie sonrió y alargó una mano hacia la nariz de Jo.

–Jojojojojo.

Jo cerró las ojos y se la apretó contra el pecho, cubriéndola de besos.

–Voy a perderlo todo –le dijo a su madre entre sollozos–. He perdido a Katie. He perdido a Cam. Y ahora voy a perder a Callie.

–No te impedirán acercarte a ella, cariño –le aseguró su madre rodeándola con un brazo–. Podrás visitarla y escribirle, y siempre serás su tía Jo.

Pero ella no quería ser la tía Jo. Quería ser la madre de Callie.

–Callie sobrevivió por una razón, mamá –dijo, mirando fijamente a su madre–. Tiene un destino.

–Sí, lo tiene –afirmó Alice, asintiendo–. Y tú sabes cuál es.

Sí, pensó Jo. Sabía cuál era el destino de Callie. Y ya no podía seguir evitándolo.

–¿Ha traído a la niña? –preguntó Mary Beth Borrell sin ocultar su desagrado–. No había razón para traerla.

Jo se subió un poco más a Callie en los brazos y miró desafiante a la trabajadora social de Child Services mientras se acercaba a una silla.

–Sí, la he traído –dijo–. Hoy estaré poco tiempo, Mary Beth, y pensé en comprarle unos zapatos nuevos a Callie mientras estábamos en Sacramento.

–No se siente –la detuvo Mary Beth–. Están todos en la sala de conferencias.

A Jo le dio un vuelco el corazón. ¿Todos? ¿Acaso Cameron estaba allí?

Mary Beth le indicó que la siguiera por el pasillo. Al llegar a una puerta con una cristalera se detuvo y miró a Jo con una expresión de disgusto.

–Ojalá me lo hubiera contado antes –le dijo–. He confiado en usted desde el principio.

Jo sintió que se quedaba sin fuerzas. De modo que Cameron estaba en aquella sala. Y no había confiado en que ella contase la verdad.

–Hace muy poco que supe lo de la familia –dijo tranquilamente–. Y tengo todos los papeles preparados para que él se haga cargo de Callie.

Mary Beth frunció el ceño, confundida.

–No necesitamos esas complicaciones, señorita Tremaine.

–No –respondió Jo, intentando no parecer sarcástica–. Desde luego que no, señorita Borrell.

–Creí que este caso estaba arreglado de antemano.

Jo se cambió a Callie de brazo y miró a la otra mujer, sintiendo la hostilidad entre ambas. Pero entonces Callie apoyó la cabeza en su hombro, en un extraño arrebato de timidez, y la expresión de Mary Beth se suavizó.

–Podemos hacerlo –dijo, y se giró hacia la puerta–. Simplemente, me sentí un poco abrumada por esos tres.

¿Los tres? Jo apenas tuvo tiempo de respirar antes de que la puerta se abriera y viese a tres hombres imponentes sentados tras la mesa.

Los tres se levantaron a la vez, como una muralla de masculinidad, y Jo pudo sentir cómo la balanza de poder se inclinaba hacia aquel lado de la habitación.

Se obligó a concentrarse y se fijó en el hombre que tenía enfrente. Alto, de constitución atlética, con el pelo negro muy corto, salvo un mechón suelto que le caía sobre la frente. Tenía los labios curvados en una media sonrisa y una mirada intensa y escrutadora.

Quinn, el caballero de las mujeres.

Él lo confirmó al extender la mano y presentarse a sí mismo. Jo se cambió a Callie al brazo izquierdo y le estrechó la mano.

–Hola, Quinn.

Miró a su izquierda para encontrarse con la mirada oscura de Colin McGrath. Su sonrisa era cálida y sincera, e inclinó la cabeza mientras extendía la mano. Jo se fijó en su pendiente de oro y en su cola de caballo, pero sobre todo en sus ojos y en su sonrisa. Realmente Katie y él podrían haber sido gemelos.

Colin, el rebelde.

–Soy Colin –se presentó, con una expresión tan cálida como su apretón de manos–. Y ésta debe de ser Callie.

–Sí –respondió Jo, girándola para que pudieran verla–. Vuestra sobrina.

Los rostros de los dos hombres se iluminaron al verla, pero Jo se quedó inmóvil. Tenía que encarar a Cameron, que estaba junto a Colin.

Finalmente, se atrevió a mirarlo.

–Hola, Cam.

–Jo Ellen –la saludó en voz baja, con expresión suave.

Jo tragó saliva y consiguió sonreír, pero él bajó la mirada hasta Callie.

–Hola, pequeña –le sonrió a la niña, que inmediatamente le devolvió la sonrisa.

–¡Cacacacacaca! –gritó, tendiéndole los brazos.

–Bueno, parece que nuestra pequeña Callie tiene familia, después de todo –dijo Mary Beth, sentándose en el extremo de la mesa e indicándoles a todos que hicieran lo mismo–. O eso dicen –añadió, mirando severamente a Cameron.

–Dicen la verdad –le confirmó Jo–. Estos hombres son los tíos carnales de Callie. Tengo las pruebas que lo demuestran –se inclinó hacia delante y miró duramente a Mary Beth.

–Es obvio que me precipité al iniciar los trámites de adopción de Callie McGrath –se esforzó por hablar con serenidad, sabiendo que Cameron la estaba mirando–. Después de pensarlo mucho, he decidido abandonar el intento y buscar una solución legal para que la familia McGrath sea la que adopte a Callie.

Todos se quedaron de piedra. Mary Beth la miró boquiabierta.

–¿Qué? –fue Cameron quien rompió finalmente el silencio.

–No voy a luchar contra vosotros, Cam –respondió ella suavemente, mirando a los tres hermanos–. Callie debe criarse… en familia –agradeció que la voz no se le quebrara al decirlo. Tal vez porque al fin lo creía.

–Vaya, esto sí que es inaudito –dijo Mary Beth–. Creo que nunca hemos tenido un caso semejante. Será mejor que busque a un supervisor.

–¿Por qué? –preguntó Jo–. Hay muchos precedentes –miró a Cameron–. Pregúntele al abogado.

Pero los ojos de Cameron brillaban como nunca.

–Ya hemos firmado la petición, Jo. Callie es tuya. No vamos a llevárnosla.

Toda la fuerza interior de Jo se derritió como la nieve en primavera.

–¿Lo dices en serio?

Él asintió, recalcándolo con un beso en la frente de Callie.

–Hemos decidido que se quede contigo. Has sido una madre para ella, Jo. No puedo… –intercambió una mirada con sus hermanos–. No podemos ser responsables de separar a una niña de su madre.

Jo sintió en los ojos el escozor de un torrente de lágrimas. Si se atrevía a parpadear, se echaría a llorar sin remedio. Tragó saliva y rezó por recuperar la voz.

Quinn alargó el brazo sobre la mesa y le puso la mano sobre las suyas.

—Estamos todos de acuerdo, Jo. Cam nos ha convencido de que es lo correcto.

Ella lo miró e intentó sonreír. Cada vez era más difícil contener las lágrimas.

—Nos gustaría mucho que la trajeras al este de vez en cuando —añadió Colin con una sonrisa maliciosa—. Para que podamos mimarla y malcriarla un poco.

Aquello acabó con el poco autocontrol que le quedaba a Jo. Genial. Por una vez en su vida que necesitaba ser una marimacho, se ponía a llorar como una cría.

Respiró hondo y miró a los tres hermanos.

—Katie os... —la voz se le quebró por los sollozos—. Katie os habría querido mucho.

Los ojos de Colin relucieron y Quinn sonrió tristemente. Jo miró a Cameron y vio la misma expresión cálida que adoptaba después de hacer el amor. O cuando ella le hacía reír. Una expresión de admiración, respeto... y amor.

Se recordó a sí misma que aquello no era amor. Cameron le estaba únicamente agradecido por ayudarlo a sanar sus heridas. No podía olvidarlo, porque de otro modo la despedida sería mucho más dura.

—Os prometo que siempre formará parte de vuestra familia —les dijo.

—Muy bien —dijo Mary Beth, levantándose—. Entonces procederemos a la adopción de Callie McGrath por Jo Ellen Tremaine. Gracias.

En cuanto Mary Beth salió de la sala, Colin y

Quinn se pusieron a jugar con Callie. Y, al igual que su madre, Callie los obsequió con una sonrisa encantadora que los hizo reír.

Cameron le tendió la niña a Quinn.

–Será mejor que empieces a practicar, hermano. Enseguida vuelvo.

–¿Adónde vas? –le preguntó Quinn.

–A saltar de una montaña rusa –dijo, y ambos intercambiaron una mirada cómplice.

–Buena suerte –le deseó Quinn, tomando a Callie en brazos.

–Lo mismo digo –añadió Colin.

¿Una montaña rusa?, se preguntó Jo, poniéndose lentamente en pie. Las piernas le temblaban por la inmensa felicidad que la invadía. Iba a quedarse con Callie.

Se inclinó para recoger la bolsa de pañales del suelo, y al enderezarse, Cameron estaba junto a ella.

–¿Puedo hablar contigo un momento? –le pidió con voz solemne.

Ella asintió hacia el pasillo. Tenía que darle las gracias y disculparse por su comportamiento de la otra noche.

Al volverse, vio que Colin y Quinn se sonreían entre ellos. Tal vez ella no entendiera la broma, pero sabía lo que Cameron quería. Una despedida más agradable y correcta.

Porque su despedida siempre había sido inevitable.

Capítulo Doce

—Seguramente haya un modo mejor de hacer esto, Jo —le dijo Cameron al salir al pasillo.

—Lo hay. Y sé cuál es —respondió ella. Antes de que él pudiera continuar, le puso una mano en el brazo—. Gracias, Cam. No sabes cuánto agradezco lo qué has hecho.

A la débil luz del pasillo, Cameron vio que a Jo le brillaban los ojos. ¿Serían lágrimas? Nunca la había visto llorar. Jo había estado dispuesta a entregarle a Callie. La necesidad de abrazarla y besarla era abrumadora, pero se controló.

—¿De verdad estabas dispuesta a rendirte o sólo era un farol?

—No, no era ningún farol —respondió ella, reprimiendo una carcajada—. Lo había pensado mucho y lo había hablado con mi madre. Créeme, no quería perder a Callie. Pero no lucharía contra ti por ella —se mordió el labio y respiró hondo—. Pero así es mucho mejor —él quiso hablar, pero ella le apretó el brazo—. También quiero disculparme por lo furiosa que me puse contigo la otra noche.

—No te preocupes por eso. Comprendo tu reacción. Era perfectamente razonable.

—No precisamente razonable, pero gracias —dijo ella con una débil sonrisa—. Y te prometo que… que… —apartó la mirada como si tuviera que reunir fuerzas—. Estaremos en contacto.

A Cameron se le encogió el corazón.

–¿En contacto? –repitió frunciendo el ceño. ¿Acaso su visión del futuro era distinta a la de Jo?

–Bueno... –su sonrisa forzada desanimó aún más a Cameron–. Podemos comunicarnos por e-mail. Y puedes pasarte por aquí alguna que otra vez.

¿Pasarse por allí?

–Sí, claro, siempre que Sierra Nevada me pille de camino.

–Ya sabes a lo que me refiero.

–Lo sé. Y no me gusta.

–¿Qué quieres decir? –preguntó ella con el ceño fruncido.

–Quiero más.

Durante unos segundos ella no dijo nada.

–¿Más?

–Lo quiero todo.

–¿Todo?

–Quiero pasar mi vida contigo.

–¿Tu vida? –repitió ella con un hilo de voz.

–Ya sabes. Las mañanas, las tardes, las noches y los fines de semana. La vida entera.

–¿Por qué?

–Porque te quiero.

Ella sacudió bruscamente la cabeza.

–No, no me quieres.

–Sí, claro que sí.

–Crees que me quieres –retrocedió un paso y le apuntó con un dedo–. Pero es sólo... agradecimiento por todo lo que ha ocurrido. Eso no es amor.

–¿Eso crees, doctora Freud?

–Y, en cualquier caso, no voy a irme a Nueva York...

–Quiero vivir aquí.

A Jo se le pusieron los ojos como platos.

–¿Aquí? ¿En Sierra Springs?

–Me gusta este sitio –dijo él–. Quiero ejercer de

nuevo la abogacía, no enseñar a otros a que lo hagan. Pensé que podría...

Ella levantó una mano para interrumpirlo.

—No sabes lo que estás diciendo, Cam. En pocas semanas te habrás cansado. No soportarás una ciudad tan pequeña y no ver a los Yankees. Lo odiarás todo, y me odiarás a mí.

—No me importan los Yankees —insistió él. Si aquello no era una declaración de amor, ¿qué era?

—No —dijo ella—. Te acabarás marchando.

—No lo haré —le prometió.

Pero ella lo miró fijamente y negó con la cabeza.

—No te quedarás para siempre —dijo con voz suave—. Lo sé.

—Jo, no te dejaré. No estaría aquí pidiéndote que te casaras conmigo si...

—¿Casarnos?

—Claro que sí. ¿Qué te pensabas? ¿Que sólo quiero vivir contigo? Te qui...

Ella le tapó la boca con la mano.

—Por favor, Cam, no. No puedo soportarlo.

Lentamente, él se quitó la mano de la boca y entrelazó los dedos con los suyos.

—¿Tú me quieres?

Jo lo miró a los ojos, pero no dijo nada.

—¿Podrías quererme, Jo?

—Jamás podría correr ese riesgo —respondió ella con firmeza.

Cameron dejó caer la mano. No iba a suplicar. No estaba preparado para convencerla. Había fracasado.

El repentino estallido de unas carcajadas masculinas rompió el momento. Cameron se inclinó sobre su oído, aspirando por última vez su delicioso olor a limón y sintiendo por última vez el cosquilleo de sus cabellos en los labios.

—Eres toda una mujer, nena —le susurró—. Nunca te olvidaré.

Ella lo miró y lo recompensó con una triste sonrisa.

El llanto de Callie despertó a Jo de un sueño ligero. Retiró la manta y recibió el fresco aire de las montañas en la piel. Julio en las montañas era el mejor mes para dormir desnuda.

—Ya voy, cariño —gritó, poniéndose a toda prisa una camiseta y los shorts.

El ritual de medianoche se había convertido en parte de su rutina. Cualquier pediatra reprobaría la costumbre que habían adquirido en el último mes, pero Jo había dejado de preocuparse por la opinión de los expertos a partir de la tercera noche.

Aquellos momentos eran demasiado maravillosos como para perdérselos.

Callie estaba de pie en la cuna, llorando cuando Jo entró en la habitación.

—Eh, cosita, ¿por qué lloras?

—¡Jojojojojo!

—Así me llaman —miró el reloj de pared. Las doce y cuarenta y cinco. Menos de las diez en la Costa Este—. Qué puntual, cariño. Vamos por nuestras bebidas.

Bajó las escaleras con Callie en brazos. ¿Cómo había sucedido aquello? La primera vez por accidente. La segunda a propósito. Y luego por mutuo acuerdo.

En la cocina, metió un biberón en el microondas y abrió una cerveza.

—Somos unas chicas muy malas, ¿eh? —le susurró a Callie.

Cinco minutos después, había encendido el ordenador y estaba recibiendo un mensaje instantáneo de Nueva York.

¿Cómo están mis chicas?
Los mensajes siempre empezaban así.

A Jo siempre se le llenaban los ojos de lágrimas al leerlo, mientras acomodaba a Callie en su regazo y empezaba a escribir con una mano.

–Somos sus chicas –le dijo a Callie–. ¿No nos encanta?

Una hora más tarde, Callie estaba dormida, la cerveza de Jo caliente y las despedidas intercambiadas. Jo le cambió el pañal a Callie y la acostó, y luego se desnudó y se metió bajo las frías sábanas, recordando las noches que Cameron había compartido con ella.

Durante cinco semanas, ni un solo día había pasado sin que Cameron contactara con ella. Si no lo hacían por Internet, la llamaba al trabajo. O por las noches, después de que ella hubiera acostado a Callie y él estuviera sentado en su magnífico despacho contemplando la puesta de sol sobre Manhattan.

En cada conversación se acercaban un poco más. Él no había vuelto a hablar de matrimonio, ni de pasar su vida con ella en California. Y Jo sabía que no volvería a hacerlo.

Cerró los ojos y pensó en la conversación electrónica que acababan de mantener. Los asuntos habituales. El trabajo, Callie, sus hermanos, los partidos de béisbol…

Un dolor extraño y profundo le traspasó el pecho. Habían hecho falta todas esas semanas, y haber dejado atrás los problemas de la adopción, pero ahora Jo podía ver lo que Cameron sabía cuando le pidió que se casara con él.

Podía confiar en él. Se quedaría para siempre. Ahora lo sabía. Pero, ¿le daría él una segunda oportunidad? ¿Volvería a entrar en su taller, o a llamar a su puerta… y se lo pediría de nuevo?

No, eso no ocurriría. Si las palabras debían ser

pronunciadas otra vez, tendría que ser ella quien las dijera, y tendría que ser en el terreno de Cameron.

Cerró los ojos y se imaginó a Cameron… en su terreno.

Cameron saludó al guardia de seguridad del estadio con el habitual golpe de nudillos.

—Eh, tío, ¿otra vez vienes solo? —le preguntó Eddie.

Cameron le mostró las dos entradas y apuntó con ellas hacia los asientos.

—¿Quieres sentarte conmigo, Ed?

—Ojalá pudiera —respondió el guardia—. Oye, Cam, ¿qué fue de esa chica de California?

—Me dejó plantado.

Eddie lo miró perplejo.

—¿Me tomas el pelo? ¿Cómo pudo dejar escapar a un tío guapo y rico como tú?

—Te dijo que no le gustaba el béisbol —respondió Cameron con una sonrisa torcida.

—Supongo que lo decía en serio —dijo Eddie—. Pero bueno, estás mejor sin una chica a la que no le gusta el béisbol. ¿Quién necesita a una mujer así?

Él la necesitaba.

—No tengo mucha elección.

Eddie sacudió la cabeza por las injusticias del mundo mientras Cameron ocupaba su asiento y saludaba a algunos conocidos. A los pocos minutos tenía una cerveza, una bolsa de cacahuetes y un asiento vacío a su lado.

Sus ojos examinaron las gradas. Observó a las parejas. A los niños pequeños. Los rostros familiares y a los desconocidos.

¿Siempre se había sentido tan solo en el Yankee Stadium?

No, sólo después de conocer a Jo. Antes había estado demasiado herido, ciego y cabezota para ver nada. Pero ahora estaba curado. Era más listo… e igual de cabezota.

Un coro de exclamaciones lo sacó de sus divagaciones. Miró hacia el campo. No había pasado nada. Al marcador. Sólo aparecía el anuncio de un banco. Entonces vio que todo el mundo miraba hacia el pasillo, a su derecha.

–¡Qué preciosidad!
–¡Mira su gorra!

Cameron siguió la dirección de todas las miradas y se encontró con un duendecillo de pelo negro y rizado, ojos enormes y cautivadores y una gorra rosa de los Yankees.

Por un momento no pudo pensar. Se quedó mirándola, con el corazón desbocado.

Ella extendió los brazos hacia él.

–¡Cacacaca!

Cameron temía apartar la mirada de ella. Era un sueño. Una visión.

Y, sosteniéndole la mano, había otra fantasía.

–He oído que tenías una entrada extra –dijo Jo con una sonrisa. También ella llevaba una gorra de los Yankees–. Y un regazo… para mi hija.

En menos de un segundo Cameron había alcanzado el pasillo en dos zancadas.

–¿Qué haces aquí? –le puso las manos en los hombros y apenas pudo contenerse para no besarla allí mismo.

–Decidí que quería verte en tu propio terreno –miró al campo–. O en tu propia hierba.

Él sacudió la cabeza, enmudecido, y miró a Callie.

–¿Ya sabe andar?

–Empezó hace dos semanas –respondió Jo riendo–. ¿Te acuerdas de Cam, Callie?

Cameron tomó a la niña en brazos y la apretó.

–Pues claro que se acuerda de mí. Es mi chica –le dio un beso en la cabeza y cerró los ojos.

–Es una de tus chicas –dijo Jo.

Él abrió los ojos y se encontró con su preciosa mirada.

–Oh, cielos, creo que nunca he visto nada tan impresionante como a ti con una gorra de los Yankees.

Ella se tocó la visera y los dos se quedaron mirando, sonriendo como unos tontos.

–No puedo creer que estés aquí –dijo él.

–Eddie me recordaba –respondió ella, mirando hacia la entrada–. Y me aseguró que estabas solo.

–¡Siéntate, tío!

Cameron ignoró la interrupción y le mantuvo la mirada a Jo.

–¿Por qué? ¿Qué estás haciendo aquí, Jo?

–He venido porque... porque yo...

–Pon al crío en un asiento, tío, ¡no podemos ver el partido!

Él no se movió. No podía moverse.

–Porque yo... –siguió ella. Se echó la visera hacia atrás y lo miró fijamente–. Te quiero.

Cameron dejó escapar todo el aire de los pulmones y las abrazó a ella y a Callie.

–¡Búscate una canguro y una habitación, tío! Estamos aquí para ver un partido de béisbol.

Jo se separó y miró a la multitud.

–Cam, vamos a sentarnos.

Sonriendo, él la llevó hasta sus asientos. Callie se puso de pie sobre su regazo y miró hacia las gradas.

–No, cariño –dijo él, intentando darle la vuelta–. El partido es ahí abajo. ¿Lo ves?

Jo se echó a reír.

–He estado viendo el béisbol por televisión con ella, pero no le acaba de gustar.

–¿Has estado viendo béisbol? –preguntó él sin poder creérselo–. No me lo habías dicho.

Ella asintió y agarró la cerveza de Cameron.

–Tengo televisión por satélite –tomó un trago y le tendió el vaso, como si estar en el Yankee Stadium con una niña pequeña y una cerveza compartida fuera su rutina diaria–. Se pueden ver todos los partidos de los Yankees, juegue donde juegue.

–¿En serio?

–Así no te perderás ningún partido.

Callie le agarró la oreja a Cameron, pero él ni siquiera se dio cuenta.

–Cuando vaya de visita –dijo. Porque Jo se refería a eso, sin duda. Cuando fuera a visitar a Callie.

–Sí –respondió ella–. Cuando estés de visita. Por las mañanas, las tardes, las noches y los fines de semana.

Cameron se giró hacia ella, y Callie se retorció para colocarse entre los dos.

–¿Podrías aclararme eso, por favor?

–De acuerdo –accedió ella con una sonrisa cálida y sincera–. Te quiero, Cam. Quiero casarme contigo y pasar el resto de mis días y de mis noches a tu lado –levantó una mano y le acarició la mejilla–. ¿Te parece suficientemente claro, letrado?

Una satisfacción infinita invadió a Cameron.

–Sí. Está suficientemente claro, nena. Es perfecto.

El golpe de un bate resonó en la noche, y cincuenta mil espectadores se pusieron en pie y gritaron de emoción.

Todos menos los dos que prefirieron quedarse sentados y fundirse en un beso, con un bebé entre ellos.

¡Escapa con los Romances de Harlequin!

¡Nuevos títulos cada mes!

Bianca Historias de amor internacionales

Deseo Apasionadas y sensuales

Jazmín Romances modernos

Julia Vida, amor y familia

Fuego Lecturas ardientes

¡Compra tus novelas hoy!

Disponibles en el departamento de libros de tu tienda local

HARLEQUIN®

www.eHarlequin.com/Spanish

Acepte 2 de nuestras mejores novelas de amor GRATIS

¡Y reciba un regalo sorpresa!

Oferta especial de tiempo limitado

Rellene el cupón y envíelo a
Harlequin Reader Service®
3010 Walden Ave.
P.O. Box 1867
Buffalo, N.Y. 14240-1867

¡Sí! Por favor, envíenme 2 novelas de amor de Harlequin (1 Bianca® y 1 Deseo®) gratis, más el regalo sorpresa. Luego remítanme 4 novelas nuevas todos los meses, las cuales recibiré mucho antes de que aparezcan en librerías, y factúrenme al bajo precio de $3,24 cada una, más $0,25 por envío e impuesto de ventas, si corresponde*. Este es el precio total, y es un ahorro de casi el 20% sobre el precio de portada. !Una oferta excelente! Entiendo que el hecho de aceptar estos libros y el regalo no me obliga en forma alguna a la compra de libros adicionales. Y también que puedo devolver cualquier envío y cancelar en cualquier momento. Aún si decido no comprar ningún otro libro de Harlequin, los 2 libros gratis y el regalo sorpresa son míos para siempre.

416 LBN DU7N

Nombre y apellido	(Por favor, letra de molde)	
Dirección	Apartamento No.	
Ciudad	Estado	Zona postal

Esta oferta se limita a un pedido por hogar y no está disponible para los subscriptores actuales de Deseo® y Bianca®.
*Los términos y precios quedan sujetos a cambios sin aviso previo.
Impuestos de ventas aplican en N.Y.

SPN-03 ©2003 Harlequin Enterprises Limited

Deseo®

De playboy a rey
Kristi Gold

La doctora Kate Milner no podía dejar de mirar al rey de Doriana y pensar en la química que había habido entre ellos en la universidad. Años después, estaba trabajando en su clínica y deseaba con todas sus fuerzas poder despojarlo de su atuendo real y descubrir al hombre que había conocido en otro tiempo.

El recién nombrado monarca se enfrentaba a un gran dilema: ¿debía dejarse llevar por lo que sentía por Kate... y convertirse en presa de los periódicos sensacionalistas, o comportarse como un hombre de estado?

No era sólo la corona lo que estaba en juego... también lo estaba su corazón

¡YA EN TU PUNTO DE VENTA!

Bianca

Tenía que casarse con el jeque...

Katrina había sido rescatada en mitad del desierto por un hombre a caballo que la había llevado a su lujosa morada.

A pesar de la atracción que había entre ellos, el jeque seguía pensando que Katrina no era más que una prostituta... Pero no podía dejarla con otros hombres, así que para protegerla tenía que casarse con ella.

Entonces él descubrió que era virgen...

Y eso lo cambiaba todo. Ahora Katrina tendría que ser su esposa de verdad.

Poseída por el jeque

Penny Jordan

¡YA EN TU PUNTO DE VENTA!